奇譚百物語
死海

丸山政也

竹書房文庫

目次

一　傘を差す女

ある企業で役員職に就いているMさんから聞いた話である。

Mさんが高校一年生のとき、通学路にある歩道橋の袂《たもと》に傘を差した女が毎日のように立っているのを見たという。

それは昼間ではなく、部活帰りの夕方から夜にかけての時間帯だった。

見たところ日傘ではないようだし、雨が降っているわけでもないのに、なぜそんなものを差しているのか不思議だったが、少し変わったひとなのだろうくらいに思っていた。

そんなある日、

「歩道橋のところに傘を差した女が立っているそうだけど、君は知ってるかい」

友人がそう訊いてくるので、よく見るよ、と答えると、

「あれ、うわさだと立ちんぼらしいぜ」

立ちんぼってなんだよ、とMさんが尋ねると、

「知らないのか。躯《からだ》を売って生活している女のひとさ」

淫靡《いんび》な笑みを浮かべて、友人はそう言った。

毎日のように立つ意味はそれでわかったが、なぜ傘を差すのかについては、不明なまま

だった。

友人の話を聞いてからというもの、その歩道橋に差し掛かる度、なにか落ち着かない気分になった。女がそういう生業をしているとは思ってもみなかったが、考えてみたら顔を見たことがない。傘で覆うように隠しているからである。

一度顔を見てみたい、と彼は思った。

それから二日ほど女を見ることはなかったが、ある日の夕暮れどき――。

いつものように傘を差して女が立っていた。

その横を通り掛かったとき、Mさんは靴ひもが解けたふりをして地面にしゃがみこんだ。

そして女の顔を下から仰ぎ見た刹那、あッ、と声をあげて尻もちをついた。

若き日の母親だったからである。

が、Mさんの母親は、彼が七歳のときに交通事故で亡くなっていた。雨の日に急発進した車がスリップを起こし、交差点で信号待ちをしていた母親に突っ込んだのだった。

葬儀のときのことは記憶に残っているし、どういう顔でどんな雰囲気を身にまとっていたかもよく覚えている。

「かあさん――」

そう言って手を伸ばしかけると、女は傘で再び顔を隠しながら、歩道橋の階段をのぼっていく。歩くというよりは、バルーンが風に吹かれて宙を漂うのに似ていた。

一番うえまでいったところでその姿は忽然と消えてしまったそうだが、それ以降、女を見ることは二度となかったそうである。

二　トランペット

オランダのアムステルダムで中古楽器店を営むディルクさんから聞いた話である。

二年ほど前、ディルクさんの店に一本のトランペットが持ち込まれたそうだ。

有名メーカーのハイエンドモデルで、定価で買えば三千ユーロ（約三十八万円）は下らない品物だった。

持ってきたのは二十代後半の男性だったが、妙に落ち着かない様子なので、もしや盗品の類いではないかと疑った。しかし、身なりもしっかりとしているし、至って真面目そうな風貌なので、そういったものではないだろうと、更に様子を窺っていると、

「いくらでもいいから、とにかく売りたいんです」

と、普通、売り客が口にしないようなことを言う。

よほどなにか理由があるのではないかと思い、

「どうしてそんなに急ぐんですか」

そう尋ねてみると、下を向いて黙り込んでしまう。が、しばらくの沈黙の後、思いきったように男性が、

「演奏した後に布で拭くじゃないですか。そうすると、自分の顔の横に見知らぬ男の歪ん

だ顔が映るんです。拭く度にあんなものが見えるんじゃ堪(たま)りません。それに演奏中に妙なうなり声を聞くこともあります。気のせいかとも思いましたが、日増しに多くなっていて……。だから一刻も早く売りたいんですよ。自宅に置いておくのも厭なんです」

青褪めた顔で、そう言った。

男の話が本当かどうかわからないが、ディルクさんが手にしてみても特にそんなものは映らなかった。これは買い叩けるチャンスと思い、ありえないほどの安価を提示してみると、男はすんなり、ええわかりました、と承諾のサインをしたという。

安く買えたので相場の六割ほどの値段を付けて店頭に並べたそうだが、あれから二年間、手に取る者もおらず、売れそうな気配はないそうである。

三　ＡＥＤ

数年前、団体職員のＥさんがフットサルの試合中に、相手チームのひとりが急にめまいがすると言ってベンチに下がったが、そのまま倒れ込んで意識不明に陥った。

試合は中断。

呼びかけにも反応せず、呼吸もしていないようだった。

素人見立てでは、どう考えても普通の容態ではない。急いで救急に電話をすると、心停止している可能性があるので、もし近くにＡＥＤがあれば措置を試みてくれ、とのことだった。

すると、Ｅさんのチームの男性が、最近会社で救命の講習を受けたばかりというので、施設に常備されているＡＥＤを持ってきて心肺蘇生をすることになった。

電源を入れ、機械が指示する通りに電極パッドを躯に貼りつけていく。

自動で心電図を計測し、電気ショックを与える手順に進んだ。

まもなく大きな音がして、躯が浮き上がった瞬間、

「コノヒトハ、タスカリマセン」

機械からそういう事務的な女性の声が聞こえたので、Ｅさんは吃驚《びっくり》してしまった。が、

他のひとたちはなにも聞こえていないのか、じっと固唾《かたず》を呑んで見守っている。

そうこうしていると、救急車のサイレン音が聞こえ、すぐに隊員がやってきて引き継ぎをした。担架に乗せられて病院に向かったが、結局そのひとは亡くなってしまったそうである。

機械が助からないなどと診断のようなアナウンスをするだろうかと、不思議に感じたEさんは、件のＡＥＤのメーカーに問い合わせをしてみたが、そのようなことは一切ありません、との回答だったという。

四　助けた女性

銀行員のIさんは中学生のとき、道端で倒れている高齢の女性を助けたことがあるそうだ。

女性は眼鏡を掛けていたようで粉々に割れたレンズが地面に散乱し、額から激しく出血していた。意識はあるようなので救急車を呼ぼうとすると、

「ご近所に恥ずかしいから大丈夫よ。家はすぐそこだから」

そう言うので、躯を支えながら女性の自宅まで連れていったという。

長らくそのことは忘れていたのだが、最近小学校に通う息子が、

「お婆さんの幽霊が出るって、学校でうわさになってるんだ」

そう言うので、鼻で笑って聞いていると、

「学校の近くにコンビニがあるでしょう？　そこの横の脇道のところにお婆さんが倒れてるんだって。おでこから血が出ていて、助けようとすると消えちゃうらしいよ」

それを聞いて、Iさんは吃驚してしまった。

当時はコンビニエンスストアではなく酒屋だったが、Iさんがお婆さんを助けた、まさにその場所だったからである。そのうえ額から出血している点も同じなので、幽霊の正体

はあの高齢女性なのではないか、とIさんはふと思った。

やはり病気かなにかで、あの後、儚くなってしまったのだろうか。

女性は当時七十代ほどであったし、あれから三十年近く経っているのだから、亡くなっていたとしてもなんら不思議ではない。むしろ健在でいるほうが稀だろう。

と、そう思ったそうだが――。

「僕が助けたとき、すでに幽霊だったということはありえませんかね」

真剣な表情でIさんにそう訊かれたが、それはわかりません、としか私は答えることができなかった。

五　タキシードの男

イギリスの首都であるロンドンでは、タクシーはブラック・キャブと呼ばれるが、ノリッジ試験（Knowledge of London）という非常に難関なテストに合格しないと、ドライバーとして働くことができないという。

網の目のように複雑なロンドンの道路やランドマークを完璧に覚えねばならず、免許取得には一般的に三年から四年ほど掛かるのだそうだ。

そんなブラック・キャブを二十年以上運転しているベテランドライバーのグレッグさんから聞いた話である。

十年ほど前の晩秋のこと。

ある小雨の降る午後、グレッグさんはロンドン中心部のコヴェント・ガーデンを流していた。車がキャサリン・ストリートを曲がろうとしたとき、右側の建物からひとりの男がひどく慌てたように出てきた。どうしたのかと思ったら、こちらに向かって手を上げている。どうやら車に乗りたいようだった。

すぐに停車してドアを開けると、男はなにかから逃れるように乗り込んできた。

ミラー越しに見ると、ぜいぜいと息を切らしている。男はタキシードを着ており、年の頃は四十代半ばほどに見えた。なにかただならない様子だが、正装をした紳士とあって、無賃乗車といったことはないだろうと考えた。

「どちらへ？」

そう訊くと、

「リージェンツ・パークに」

ぶっきらぼうに男はそういった。

車を発進させると、男はバックシートにもたれかかり大きく肩で息をしている。

「どうやらお急ぎのようですが、道路はこの通り渋滞しておりますから――」

そう口にしているさなか、ちらりとバックミラーを見ると、青白い顔色でぶるぶると震えている。寒いのだろうかと思ったが、窓は閉めているのだし、そうなるほどの季節ではない。体調でも悪いのだろうかと、

「失礼ながらお具合がよろしくないようですが。もしなんなら病院までお送りすることもできますよ」

そう言って再びバックミラーを見たとたん、往来の真ん中であることも忘れて、グレッグさんはブレーキを踏み込んでいた。

男の頭がない。

ミラーに映っているのは、バックシートに座ったタキシードのジャケット、それに白シャツと蝶ネクタイのみ。――が、その下ろされた両手の先に男の首があった。

つまり、腹の上で自分の首を両手で持っているのである。

その顔は先ほどよりもさらに青褪め、もはや緑色といったほうが近いほどで、生気がまるで感じられず、死後何日も経ったひとのようだった。

あまりのことに後ろを振り返ると、愕くことに誰も乗っていない。

そんな莫迦な、と再びバックミラーを見てみたが、やはり何者も映っていなかった。

これは、いったいどうしたことだろう。

昼日中のことであり、とても幻覚や幻影とは思えない。

するとそのとき、背後から激しくクラクションを鳴らされ、我に帰ったグレッグさんは車を発進させたが、男が告げたリージェンツ・パークまで空車のまま走ったという。

二十年に及ぶドライバー歴のなかで不可思議な出来事に遭ったのは、この一度だけだそうだ。

グレッグさんが男を乗せた場所はキャサリン・ストリートの角に位置するドルリー・レー

ン劇場だという。

由緒あるこの劇場には、古くから「灰色の幽霊」が出るといわれている。乗馬靴を履いたグレーのドレスジャケットを身に着けている男の幽霊なのだそうだ。

一八四八年に劇場の改修を行った際に、灰色の幽霊が消えるとうわさされた壁の裏に小部屋があることが判明し、そこから匕首で刺し殺されたと思しき埃まみれの白骨体が見つかったそうである。それが幽霊の正体であるといわれているそうだが、真相はわかっていない。

もっとも、この幽霊は劇場内でしか目撃談がなく、格好も大きく違っているのでグレッグさんが見たというタキシードの男とは別人であると思われる。

ただこの劇場には灰色の幽霊以外にも俳優チャールズ・マックリンの幽霊が舞台裏や廊下に出没するといわれている。

一七三五年のこと、マックリンと俳優仲間のトーマス・ホーラムは頭に被るかつらのことで諍いを起こし、マックリンが持っていたステッキをホーラムの左眼に突き刺して殺してしまったのだという。殺されたほうではなく殺したほうの人間が、その後幽霊となって現れるところが実に興味深い。

結局のところ、グレッグさんが見た男の正体は不明だが、歴史ある劇場には無名の霊が多く棲みついているのかもしれない。

また近くのコヴェント・ガーデン駅には、一八九七年十二月に劇場の近くで刺し殺された俳優ウィリアム・テリスの幽霊が出るといわれている。

白手袋に鼠色の背広を身に着けた背の高い男が、深夜のプラットフォームに佇む姿を度々目撃されているそうだ。

六　歩行者保護

自動車教習所で教官を勤めるTさんから聞いた話である。四年前のことだという。

初夏のある日の夕方、Tさんに路上教習の予約が入った。教習生は大学生の女性で、教習原簿を見ると第二段階に入ってまもないようである。まだ運転技術は未熟で、路上のスピードにも慣れていないはずとあり、いつも以上に気をつけて指導せねば、とTさんは思った。

その日の教習項目は『歩行者の保護』だった。

横断歩道はもちろん、それ以外の場所でも道路を渡ろうとする歩行者がいた場合、一時停止して道を譲らなければならない。

スマートに難なくこなす者もいれば、そうでない者もいる。この女子大生は前者で、的確でスムーズな運転だったので、Tさんは少し安堵した。

大きな交差点に差し掛かり、左折を指示したときだった。

ウインカーを出し、左に寄りながら減速する。横断歩道に歩行者はいないので徐行しながらコーナーを曲がるのかと思ったら、なぜかブレーキを命いっぱいに踏み込んでいる。

「あれ、どうしたの？　歩行者はいないよ。後続車があるから、停まっていると鳴らされちゃうよ」

　Tさんがそう言うと、

「えっ、お爺さんが歩いてるじゃないですか」

　怪訝な表情で女子大生が答えた。

　まさか自分の見落としかと慌てて前を見たが、やはり誰も歩いていない。周囲には渡り終えたようなひとも見当たらなかった。

「君、大丈夫かい。誰も歩いてなどいないよ」

　すると女子大生は、はっとした感じになって車を発進させた。

　その交差点以外では特に問題はなかったので、最後に注意をしたうえで教習原簿に印鑑を押したが、それから二週間ほど経った頃、予約の入った教習車に向かうと再びあの女子大生だった。

　挨拶をして車に乗り込む。

　特に注意を与える場面もなく問題のない運転だったが、件の交差点で左折するとき、またしても女子大生はブレーキを踏み込んだ。

　たしかに何人か歩行者はいたが、すでに全員渡り終えている。急いで走ってくる者もいない。

「ねえ君、誰もいないよ。なぜ止まるの?」

するとk、

「えっ、だってお爺さんが歩いてるから……」

二週間前と同じ答えだった。

前を注意深く見るが、やはり誰も歩いてなどいない。

「よく見て。歩行者はいないよ」

そうTさんが言ったとき、背後の車がけたたましくクラクションを鳴らし、吃驚したように女子大生はアクセルを踏んだ。

全体を通すと運転そのものは特に問題なかったが、二度も同じ場所で同様の注意を与えねばならなかったので、これはただごとではないとTさんは思った。

教習の最後に、

「前回もそうだったけど、君はあのとき、本当にお爺さんがいると思ったの?」

そう尋ねると、女子大生は急にうつむいて、

「……はい。私、視えちゃうんです。時々、亡くなったひとが。やっぱり私、運転向いてないのかな――」

眼に涙をいっぱいに溜めながらそう言うので、Tさんはもうそれ以上なにも話すことができなかった。

教習の後、同僚に訊いてみたところ、Tさんが教習所に勤め始める三年ほど前、件の交差点で高齢男性のひき逃げ死亡事故が起きたことを教えられた。

後日、その交差点を通ったときに注意深く見てみると、横断歩道の近くのガードレールにブリキ缶が括《くく》られ、その中に枯れた花が入っていた。

女子大生はその後、ぱったり見なくなったという。

七　陸軍墓地

地域の高齢男性から聞いた話。

私の住む町の高台には広い霊園があるが、昔はそこを陸軍墓地と呼んでいたという。

戦没者を埋葬するためだけの墓地のような呼称だが、決してそういうわけではなかったそうだ。

話をしてくれた男性が子どもの時分、戦後まもない頃までは埋葬といえば土葬が普通だったとのこと。

亡くなったひとがいると、その日の夜、必ず高台に青白い燐《りん》が燃えたという。

それも葬られたのはひとりだというのに、どこからともなく似たような青白い炎がいくつか現れて（もっとも大きさは千差万別だったらしい）、まるで子犬が無邪気にじゃれ合うように天空を飛び交ったそうである。

亡くなった人たちの年齢は四十代から六十代のひとが殆どだったという。

八　視界

会社員のJさんがマンションの内覧に行ったとき、部屋のドアを開けたとたん、サングラスでも掛けたように視界が暗くなった。

よほど日当たりが悪いのかと思ったら、

「この部屋は日当たりがいいのが売りなんですよねぇ」

そう不動産屋の営業マンが勧めてくる。

なにを言っているのだろうと思った瞬間、今度は視界が赤みを帯びはじめた。

気のせいかと放っておいたら、赤いセロファンかなにかを眼の前にかざしたほどになり、同時に激しい頭痛に襲われたので、

「ここは、もう結構です――」

そう言うと、ふらつきながら部屋を飛び出した。

綺麗な建物で間取りも理想的だったが、これ以上はいられないと思ったという。

心霊現象を端から信じるわけではないが、この部屋はなにかあるのではないかとJさんは感じた。しかし、特に家賃が安いわけでもなく、告知事項も記載されていなかった。一応、念のために事故物件サイトにアクセスしてみると、かつて世間を騒がせた殺人事件の

起きた現場だったことがわかったそうだ
事件から数年経っているため、おそらくその間に何人か借り受けたことで告知義務が消滅したのだろうと思われた。
その翌日、Ｊさんはひどい結膜炎に掛かり、両方の白眼が真っ赤になったそうである。

九　家族葬

葬儀場に勤めるFさんの話である。

十年前、六十代の資産家男性が病気で亡くなった。

ある理由から友人や知人たち、それぱかりでなく近しい親類にさえ死んだことを報せず、家族葬をすることになったという。

しかし、どこから漏れたのか、葬儀場に資産家男性の葬儀はいつなのかと何件も問い合わせがあった。

家族葬のはずなので、確認のため遺族に訊いてみると、絶対に誰にも話していない、病気になったことすら知らないはずだとのことだった。逆に漏れたのは葬儀場のほうからではないのか、と問われ、Fさんたちは困惑した。

結局、葬儀の日は朝から弔問客が詰めかけ、家族葬どころではなくなってしまった。もちろん葬儀場の入り口には、その日執り行われる葬儀の案内看板も出していなかったそうだ。

後で聞いた話によると、亡くなった資産家男性は少しでも関係のあった者、一人ひとりの夢枕に立って、自分がこれこれこういう理由で死んでしまったこと、いつどこで葬儀が行われるということを告げたのだという。

それを見た者たちは不思議に感じたものの、単なる夢の話だろうと思っていた。しかし、誰かがひとたびそのことを口にすると、俺もだ私もだ、ということになり、葬儀場に問い合わせが相次いだとのことだった。

亡くなった男性は、大変人望の厚い人物だったそうである。

十　葬儀写真

同じFさんから聞いた話。

ある七十代の男性が亡くなり、葬儀の日のこと。

つつがなく式を終え、遺族全員で遺影を背後に記念写真を撮ることになった。

式場の係員がデジタルカメラで撮影し、後日、写真を遺族に渡すことになっていた。

「はい、撮りますね」

カメラを手にした係の女性がそう言ってシャッターを押したとき、

――おれがはいってないぞ。

その場にいる全員がそういう声を聞き、なんだなんだと眼を合わせた。

声が亡くなった男性にそっくりだったため遺族は不思議に思い、係の女性が撮影した画像を見ると、並んだ孫たちの背中に遺影が隠れてしまっていた。

すぐに遺影を囲むようにして撮り直したそうだが、声を聞くことはなかったという。

十一　ドラキュラに似た男

十三年ほど前、ロンドンで出版関係の会社に勤めるハーディングさんは、ショッピング街で有名なリージェンツ・ストリートをオックスフォード・ストリートのほうに向かって歩いていると、道路の反対側に見知った顔を見つけた。

五十代前半ほどの背の高い男性である。銀髪をなでつけ、黒いフロックコートを身につけた姿は、クリストファー・リー演じる吸血鬼ドラキュラをどことなく想起させた。

反射的に手を上げようとしたが、誰なのか思い出せない。

えーと、あれはたしか……。いや、違うな。いったい、誰だったろう。

そんなことを考えているうちに行き違い、二人の距離は離れてしまった。

友人や親戚ではないので、後は仕事関係しか可能性は残っていない。

――と、そのとき、自分が初仕事で手掛けた作家ではないかと思った。といっても、実際に会ったのはほんの数回程度で、一緒にした仕事もそのときの一度だけだった。

一見して怜悧《れいり》そうな面差しとマッチ棒のようなその躯つきが強く印象に残っていたのである。しかし、名前までは思い出せない。

ああ、そうだ彼に間違いない。

そう確信して振り返ったが、男の姿はもう見えなくなっていた。

——遅かったか。

諦めて向き直った瞬間、どうしたことか、先ほどの男が反対側の歩道を再びこちらに向かって歩いてくるではないか。

とっくにピカデリー・サーカスのほうに行ってしまったはずなのに、どういうことだろう。わざわざ走って戻ったというのか。

すると、愕くことに、男はハーディングさんのほうに向かって右腕を上げ、二度三度、大きく掌を振ってきた。それと同時に左手を口に添えてなにか叫んでいるが、なんと言っているのかは聞こえない。

ハーディングさんも手を上げて応えると、こちらに渡ってくるのか、男は車道に出て、道路を左右に見ながら小走りに向かってくる。

彼はそれを笑顔で待っていたが、もうすぐ渡りきるところで、突然、男の姿がかき消えてしまった。周囲を見やるが、どこにもいない。

いったいなんだったのか。

昼日中とあり、とても幻覚には思えず、ハーディングさんは首を捻《ひね》るしかなかった。

帰宅後、自分のこれまでした仕事の資料を調べてみたところ、男の名前が判明した。

翌日出社した際、業界事情に詳しい同僚に男の名前を告げ、その作家の近況を知っているかと尋ねてみると、たしか二年前に急な病気で亡くなったはずだ、と答えた。

ああ、そういえば――と同僚は続ける。

いつのことだったか、ハーディングさんの休暇中に、その作家が会社を訪ねてきたことがあったという。用件は電話で済むような内容だったが、ハーディングさんと会えなかったことを、とても残念そうにしていたとのことだった。

十二　テトラポッド

公認会計士のYさんは小学校高学年の頃、友人たちと近くの河原によく出かけたという。川岸にテトラポッドが組まれていたが、その決まった窪みの場所にアダルト雑誌が堆《うずたか》く積まれていたからだった。

雑誌はYさんたちが集めたのではなく、彼ら以外の誰か――おそらく中学生か高校生の男子学生が自宅に置いておけず、秘密の隠し場所にしているのだろうとYさんたちは思っていた。

学校が終わると校庭で遊ぶこともせず、河原に向かって一目散に走る。

テトラポッドの周りには黒いランドセルがいくつも放ったように置かれ、たまに犬の散歩をする大人が近くにやってくると、本を隠して無邪気に遊んでいるふりをした。

「今は大人の眼も厳しいですから、子どもだけで河原にいること自体、難しいかもしれませんが。のどかな時代だったんでしょうね」

そんな日々を過ごしていたが、ある日の放課後、少し遅れてYさんが河原に着くと、友人たちが、大変だ大変だ、と言って騒いでいる。どうしたの、と尋ねると、友人のひとりがテトラポッドのほうを指差しながら、

「ないんだよ、エロ本が！　その代わりに変なものが置いてあって――」

そう言うので、慌ててテトラポッドの窪みに顔を突っ込むと、たしかに雑誌は一冊も見当たらなかった。

――が、なにか置いてある。あれはいったいなんだ。

と、そう思った瞬間、それが墓地でよく見かける卒塔婆《そとば》であることがわかった。それもひとつやふたつではなく、何十本も束にして打ち捨てられているようだった。

手に取ってみると、それぞれ書かれている文言が異なっていたが、後年、それは戒名や没年月日などであることを知ったそうだ。

「それだけではなくて、卒塔婆の脇に焼け残った写真が何枚も落ちていたんです。なにを写したものかは、さっぱりわかりませんでしたけど」

なんだか気味が悪くなり、その日は遊ばずに帰宅した。

翌朝起きるとひどい熱が出てYさんは学校を休んだが、前日テトラポッドに集まっていた全員が同じ理由で欠席したそうである。高熱はきっかり一週間続いたという。

十三　てるてる坊主

Wさんが小学校低学年の頃、遠足や運動会の当日になると決まって祖父が黒い服を着て出掛けていくのが不思議でならなかった。次第にそれは喪服というもので、通夜に行っているのだとわかった。亡くなるのは必ず近所のひとだったが、首を吊って自殺したのだと祖父が家に帰ってきて話しているのをWさんは何度も聞いた。

忘れもしない小学四年生の春、楽しみにしていた遠足があるので、いつものように軒先にてるてる坊主を作ってぶら下げたところ、祖父は黙ってそれを取り払い、Wさんが泣くのもよそに燃え盛る庭の焼却炉に投げ込んだという。

十四　読書する男

六年ほど前、日本人留学生のY君は、イギリス南西部の海岸の町ボーンマスのある家庭にホームステイをしていたという。

初冬のある日、語学学校から帰宅すると、自分の部屋に見知らぬ若者がいる。ベッドのうえで両足を伸ばし、壁にもたれながら本を読んでいた。アジア系の男性のようだが、日本人であるかはわからない。

新たな留学生でも受け入れたのかと思ったが、部屋は極めて狭いのだから同室にされたとしたら堪《たま》らない。なにせ小さなベッドが一基あるだけで空間が殆ど埋まってしまうのである。それに家の中に余っている部屋はないはずだった。

すぐに階下へ降りて、見知らぬ者が部屋にいることをホストマザーに告げると、あなたなにを言ってるの、と笑った。

「いや、たしかにいたんです。間違いありません」

すると、ホストマザーは小首を傾げ、

「それでは一緒に見に行きましょう。そうすれば納得するわね」

ふたりで階段を上り、部屋の扉を開けてみたところ、誰もいない。

ベッドの上には、朝脱いだ寝巻きが、そのまま置いてあるだけだった。

「ほら、いないじゃない。これでわかったでしょう」

アジア人と思しき若者が、ベッドの上で壁にもたれて本を読んでいたことを言うと、ホストマザーはにわかに怪訝な表情になった。

すると、Yさんの顔をじっと見据えて、「そういえば——」と再び口を開く。

彼女の話によると、三年ほど前にタイ人の富裕な家柄の若者を半年間ほど世話したことがあったという。

その若者も現在Yさんが使っている部屋で過ごしたそうだが、ホストマザーが部屋に顔を出す度に、ベッドの上で壁にもたれながら本を読んでいたとのことだった。

おとなしい若者で、殆ど喋ることもせず、英語も一向に上達しない。なんのために留学しているのか理解できなかったそうだ。

過去にホームステイした者たちの殆どが、帰国後、お礼や現況を書いた手紙を送ってくるが、その若者は一通も手紙を寄越さないので、今はどうしているのかわからない、とホストマザーは語ったという。

十五　杖

薬剤師のFさんの祖父は七十三歳のときに脳梗塞を患い、それ以降、歩行が困難になってしまったそうである。

祖父は日曜大工が得意で、昔からなんでも自分で作ってしまうひとだった。庭に生えているシラカシの枯れ枝を取ってきて、なにかしようとしているので、それをどうするのかと訊いたら、杖を作るんだよ、と祖父は答えた。

一週間ほど掛けて作った杖は、まるで既製品のように立派なもので、これが素人細工であるとはとても思えない出来だった。祖父も気に入っているようで、毎日その杖を突きながら、健康なときでも歩かなかったほどの距離を歩いた。

しかし、最初に脳梗塞を発症してから一年半ほど経った頃、二度目の発症が起き、それからは寝たきりになってしまった。

もう歩くこともできないとあって、杖はベッド脇の壁に立て掛けられたままだったが、それを見るのがFさんは辛かった。

結局、一年ほど闘病した後、息をひきとったという。

葬儀が終わって、三週間ほど経った頃だった。

祖父の部屋を片付けるというので、襖《ふすま》を開けて入ると、壁に杖が立て掛けられているのが眼に映った。

手に取ってみると、やはり素晴らしい作りである。やすりがけも丁寧で、持ち手を掴んでもしっくりくる。Fさんは健康体なのでまだそれを使うようなことはないが、いつか杖が必要なときがきたら、ぜひこれを使いたいと思った。

杖であれば形見として自分がもらっても喧嘩にはならないだろう——そう考えたという。

それから祖父の持ち物を整理したり、明らかに不要そうな書類や雑誌などは捨てたりして、二時間ほど祖父の部屋にこもった。

そろそろ終わりにしようと思い、立ちあがって杖を手に取ろうとすると、なぜかどこにも見当たらない。部屋に入ったとき、たしかに壁に立て掛けてあったし、この手で触ったはずである。

不思議に感じたが、Fさんが作業に没頭している間に、家族の誰かが持っていったのだろうと考えた。

夕飯の席にFさんは、

「お祖父《じい》ちゃんの杖は俺がもらおうと思ってたんだけど、今日、誰か部屋から持っていかなかった？」

そう尋ねると、家族は皆、首を横に振った。

するとしばらくして母親が、アンタなに言ってるのよ、とテーブルの皿を片づけながら、

「あの杖は、お祖父ちゃんを焼くときに棺に入れたじゃない。誰って、あなたがそう言ったのよ。お祖父ちゃんが大事にしていたものだから、一緒に焼いてもらえばって」

すっかりそのことをFさんは忘れていたという。

十六　奈落

十年ほど前、劇団に所属するEさんは、興行していた劇で幽霊役を演じたという。

ある日のこと、いつものように舞台の奈落で待機していると、背後から、けらけらけらけら、と女の嗤《わら》い声が聞こえた。振り返ると、私服姿の若い女が腹を抱えながら床のうえを転がっている。

見たことのある気がするが、誰なのか思い出せない。

なぜこんな切迫したときにこの場所にいるのか。格好からすると劇団員ではないのか。なにがそんなに可笑しいというのだろう。

しかし、いくらなんでも非常識ではないのか。

注意をしようとしたが、すぐに自分の出番になり、迫《せり》に乗って舞台に上がった。

幽霊を演じながら、先ほど嗤っていたのは、三年ほど前に入団したものの、端役ももらえないうちに病気で亡くなってしまった女性であることを思い出したそうである。

十七　刃物男

ノルウェーの都市オスロに住むハイディさんには長く交際している男性がいたが、数年前のある日、彼女の自宅アパート近くのビルから投身自殺を図ったという。

特に喧嘩をしていたわけでもなく、悩み事を抱えているようにも思えなかった。遺書もなく死んだ理由がわからない。

あまりにも突然のことで、こころに穴が開いたようになったが、なんだか家にいる気がせず、終日外に出るようにした。

そんなある日、自宅近くの小学校付近を、刃物を手にした若い男が徘徊している話を耳にした。その男の特徴が死んだ恋人にそっくりで、洋服も亡くなった当日に着ていたものとまったく同じなので、彼女は吃驚してしまった。

もっともそれは偶々《たまたま》だろうと思っていたのだが、刃物男の目撃者が通報するために後を尾けたところ、アパートのほうに向かって早足で歩いていたが、玄関ではなく、壁にぶつかるようにして消えてしまったというのだった。そのアパートというのがハイディさんの住むアパートだったので、彼女は思わず言葉を失った。

やはり刃物男はあのひとではないのか。しかし、亡くなったのは事実である。

男は壁に消えたというが、幽霊になって徘徊しているというのか。だとしたら、会ってこの眼でたしかめたい。それにしても刃物を持っているというのは、いったいなぜなのだろう。

「あのひとの幽霊だとしたら少しも怖くはありません。でも、なんだか物騒じゃないですか。刃物を持っているだなんて」

もしそれが本当に恋人の幽霊だとすると、亡くなった理由となにか関係があるのではないか、とハイディさんは思った。

もしかしたら、自分を恨んでいたのだろうか。

そうされるような覚えはなかったが、

「でも、よく考えてみたら、昔の男性関係のことでほんの少し揉めたことがあったんです。古い話なので、そのときは喧嘩にさえなりませんでしたから、私はなんともないと思っていたんですが――」

特に実害はなかったが、すぐに郊外に引っ越しを決めたという。

十八　生理痛

化粧品メーカーで働くS美さんの話である。

三年ほど前のこと。

生理痛がひどいので、痛み止めの錠剤を呑んだが一向に良くならない。

会社の医務室で横になって休みながら、いつ頃から生理痛が重くなってきたのかと考えた。

学生の頃はなんということはなかった。年々重くなってきているのはたしかである。

友人たちに訊いても、自分ほどの症状の者は誰ひとりいなかった。

高校を卒業してまもない頃、交際していた相手の子どもを身ごもり、どうにもならなくなって堕胎したことが脳裏をよぎる。その頃から次第に重くなってきているのは事実だった。

中絶手術の影響だろうかと、以前、婦人科の医師に相談したこともあった。

手術直後はそんなことはあっても、これだけ長く続くのはおかしいとのことで検査を受けたが、結局これといった原因は見つからず、食事療法を勧められただけだった。

朝の出勤の際、駅のホームで電車を待っているとき、ひどい下腹痛と貧血のためにふらついて線路に転落しそうになったこともある。

幸い近くにいた年配女性がとっさに支えてくれたおかげで事なきを得たが、今後も同じようなことは起きかねない。

このまま重くなる一方だったらと思うと、気がおかしくなりそうだった。

堕胎した後、母親と一緒に水子供養をしている寺に行き、決まった金額のお布施をしただけで、それ以来一度も訪ねていないことをS美さんは思い出していた。

とたん、涙が頬を伝った。

ごめんね、ごめんね、本当にごめんなさい、そう何度もS美さんはこころの中で呟き続けた。

その後、すぐに自分の水子のいる寺に参拝し、改めて法要をしてもらったところ、翌月から症状は嘘のように軽くなったという。

十九　ドタキャン

居酒屋に勤めるM帆さんの話である。

一年半ほど前のある日、予約時間のだいぶ前にリザーブ席に座っている若い男がいたので、

「申し訳ありませんが、ここはご予約が入っているんですけど……」

恐縮しながらそう言うと、

「ああ、まちがえたかも」

特に気まずそうでもなく、男はそう答えた。

するとそのとき、厨房のスタッフから声が掛かったので、一瞬、振り向いて返事をし、また元に戻ると男の姿が消えている。

どこに行ったのだろうと、広くはない店内の中を隈なく探したが、どこにも見当たらなかった。

そのことを店長に告げると、苦虫を噛み潰したような顔になって、

「くそっ、コースの仕込みしちまったじゃねえか」

舌打ちしてそう言うので、M帆さんは意味がわからず首を傾げた。

その後、時間になっても予約客は来店せず、もらっていた代表者の番号に電話を掛けても出なかった。

しかし、店長はドタキャンされるのをわかっていたのか、別にそのことで愕いている様子はなかった。不思議に思ったので店長に尋ねてみると、

「予約席に座った若い男が突然消えたって言ったでしょ。その男が出ると、必ず入っていた予約はキャンセルになるんだよ。腹は立つけど、こればかりは仕方がない」

二年に一度ほどはあるらしく、店長が勤め始める前からの現象なのだという。

二十　孤独な女

イギリス人男性オリヴァーさんの話である。

四年ほど前、映画通の間で有名な怪奇映画が上映されるというので、ロンドンの中心部レスター・スクエア駅近くの映画館へ観に行ったという。

話題の封切り作品というわけではないので、館内は空席が目立った。

適当なところに座って鑑賞していると、序盤が終わった辺りで半袖を着ていた腕にひややかな風を感じた。空調が効いているのかと思ったが、一向に弱くならず、我慢ができないほどに躯が冷え込んできた。

こんな映画を観ているせいではないかと思ったが、まだそう感じるほどのシーンではない。席を移ろうかと思った瞬間。

空席だったはずの隣の席に、いつのまにか誰か座っている。

白人の若い女だった。

ブロンドのまっすぐな髪が鎖骨の辺りまで垂れている。

スクリーンをまっすぐに見つめる顔はやけに青白いが、それは映像の明かりが反射しているのだろうと思った。

立ち上がろうとしたそのとき、女は首だけをオリヴァーさんのほうに向けて、

「ひとりにしないで」

そういった顔はやはり異様な青白さで、どう考えても映像の明かりのせいではなさそうだった。その顔色と思わぬ言葉に吃驚して、

「いや、寒くてたまらないので、ちょっと席を替えようかと——」

そう答えているさなか、女の姿が突然消えたと思ったら、まさに同じ顔がスクリーンに大写しになった。

映画の途中だったが、逃げるように外へ飛び出したそうである。

二十一　髪の毛

二十年ほど前、Kさんが妻と四国の旅館に泊まったとき、夢枕に髪の長い女が座った。するとKさんの躯に跨《また》がって、顔を近づけてくる。

夢と思っているので怖いとは感じなかったが（淫夢と思っていたらしい）、唇は閉じているつもりなのに、なぜか髪の毛が口の中に入ってくる。

それが次から次へと大量に流れ込んでくるので窒息しそうになり、ごほっ、ごほっ、と思わず咳き込みながら起き上ると、あなた大丈夫なの、と隣で寝ていた妻が声を掛けてきた。

「どうやら空気が乾燥しているみたいだな」

そうKさんは答え、再び横になった。

すると半時間ほどした頃、今度は妻が、ごほん、ごほんッ、と激しく咳き込んでいる。おい大丈夫か、と声を掛けると、寝ていたら横に女のひとが座って、その髪の毛が口の中に入ってくる夢を見た、と妻が言った。

同じ夢を見たことをなぜか口に出せず、明るくなると早々にチェックアウトしたそうだが、それからというもの、夫婦ふたり揃って麺類をうまく啜ることができなくなってしまい、もう長らく食べていないという。

二十二　忌み地

五十代の女性B子さんの話である。

今から四十年ほど前の一時期、B子さんの家では不幸な出来事が相次いだという。

父親の事業が失敗し、先祖代々の土地の大半を売り払わなければならない事態に陥った。また母親が交通事故に遭い、命こそ助かったものの、寝たきりのような状態になってしまったそうだ。そのうえ同居している祖父と祖母は、それまで至って健康だったが、家族のことで心労が祟ったのか、同じ時期に倒れ、わずか二、三カ月の間にふたりとも亡くなってしまったというのである。

あまりにも凶事が相次ぐので、父親は家が祟られているといって、近くの神社の神主を呼んだ。

家にやってきた神主は開口一番、

「この土地は昔、さらし首が置かれた場所ですからな」と言った。

代々守ってきた土地ではあるが、先祖がこの地に住み着いたのは、江戸時代の後期であることを父親は祖父から聞いていたので、それ以前はどういう土地だったかについては、まったく知らないし、調べたこともないようだった。

もしすべての出来事が「忌《い》み地」であることが原因だとしても、なぜこのタイミングで悪いことが起きるのかについては、神主もわからないと言った。

うやうやしい所作で神主による祈祷が始まる。

しかしこんなことで、本当に不幸の連鎖を断ち切ることができるのだろうかと、B子さんは半信半疑な思いで見つめていた。

するとそのとき、小学校に通う弟が帰ってくるなり、

「大変だよッ、お父さん、大変！」

と息せき切っている。

いったいどうしたのよ、とB子さんが訊くと、父親が裏口に吊るした干し柿のひとつひとつに、人間の顔が浮かび上がっているというのだった。

それぞれが眼を閉じ、口をへの字に曲げていたという。

二十三　修道僧

日本人のTさんから聞いた話である。

十年ほど前、Tさんは仕事の関係でロンドンに滞在していたが、ビートルズのアルバムで有名なアビー・ロードのあるセント・ジョンズ・ウッドに住んでいたという。

アルバムに写っているまさにあの通りを歩いているとき、ゆったりとした茶色い着物を身に着けた人物とすれ違った。洋服と同じ色の頭巾をかぶっているが、二メートルは優に超えていると思われるほど大柄な男である。胸にはロザリオが垂れており、その格好から修道僧かなにかだろうと思った。

——珍しいな。近くの教会のひとだろうか。

歩きながらそんなふうに考えた。が、なにか妙な胸騒ぎを覚え、ふと振り返ると、向こうも立ち止まって、Tさんのほうを見ている。

すると突然、片手で十字を切り、胸の前で手を組み合わせて、

「アーメン」

Tさんに向かって、はっきりとそう言った。

そんなことをされる覚えはないので、首を傾げながら帰宅した。

それから一週間ほど経った頃、同僚が家に遊びに来るというので、駅前で待ち合わせをして、件の通りをふたりで歩いていると、前方からまたあの修道僧が近づいてくる。

頭巾で顔の半分が隠れているため風貌はよくわからないが、もごもごとなにか独り言を呟いているようだった。修道僧は脇目も振らず、こちらに向かってまっすぐ歩いてくる。

どうやら向こうに避ける気配がないので、仕方なくTさんは少し横に寄ったが、同僚はやってくる男に気づかないのか、そのまま歩き続けている。

「おい、危ないぞッ」

と、そう口走った瞬間。

ふたりの男たちは正面からぶつかったはずだが、刹那、修道僧の輪郭は霞のようにぼやけると、同僚の躯を通り抜けた。

なにごともなかったかのように通りの向こうへ歩き去っていったという。

二十四　修理不能

八年ほど前、時計修理技能師のDさんの元に、スイス製腕時計の修理依頼品が一点持ち込まれたという。上代価格は百万円以上する高級品である。

しかしそれが、どうしたらここまでになるのかと思うほど、ひどい状態だったそうだ。

傷が付きにくいとされているサファイアガラスの風防は粉々に割れ、もちろん針も止まっている。無垢のステンレスケースはさすがに頑健で、大きな損傷は見当たらないが、振るとからからと異様な音がした。

おそらく中のムーブメントも破損しているだろうと裏蓋を開いてみたら、機械が赤い水のようなもので満たされていた。

機械に赤錆が出ていて、それが仮に水没したとしても、このようになることはありえない。高年式の時計には、高い防水機能が付いているからである。

それに赤い水は錆というよりも血のように見えなくもなかった。が、たしかめるのもなんだか気が引け、すぐに機械をばらして洗浄した。

すると、その日から周辺で妙なことが起き始めた。

所定の位置に置いたはずの道具が、行ってもいない部屋から見つかる。トイレから帰ってくると、仕舞っていたはずの書類が机のうえで散乱している。

修理で預かっている高級時計がたくさんあるので、泥棒でも入ったのかと慌てて調べてみたが、そのようなことはないようだった。

それだけならいいが、子どもの通う小学校から連絡があり、息子が徒競争中に倒れたという。大事には至らなかったが、安心したのも束の間、実家に帰省していた妻から電話があり、人身事故を起こしてしまったというのだった。

そちらも軽いむちうち程度で済んだが、わずか一日二日の間に普通でないことが立て続けに起きるので、これはなにかあるのではないかと感じた。

――と、そのとき、机上にある件の時計に眼が行き、もしかしたらこれが起因しているのではないか、とふとDさんは思った。

物のせいにするのも莫迦げていると感じたが、考えてみたら、この時計に着手したときからすべてが始まっているのだ。

まるで時計が修理されるのを拒んでいるようではないか。

すでにばらしてしまっていたが、すぐに元の状態に組み立て直すと、割れた風防ガラスなどは手を付けずに修理不能として、代金はもらわない形で依頼者の元に送り返したという。

それからはぴたりと異変は止まったそうである。

二十五　見覚えのある男

飲食店で働くKさんは、大学生のときにある企業の面接を受けたが、その会場で見覚えのある男子学生を見かけた。

ちらちらとそちらのほうを窺っていると、向こうもKさんを見て愕いたような顔をしている。どこで会ったのか思い出せないが、おそらく他の会社の説明会かなにかで見かけたことがあるのだろうと思った。

集団面接のため四人ずつに分けられると、その男子学生と同じグループになった。始まるとうわさ通りの圧迫面接で、全員が散々な受け答えだったが、終わった後、その男子学生と意気投合し、近くの喫茶店でお茶をしようということになった。

ふたりで向かっている途中、Kさんはその男子学生をどこで見たのか卒然と思い出した。数日前の夢の中に出てきたのである。が、どういった内容の夢だったのか、まったく覚えていない。

それをKさんは男子学生に伝えたところ、

「実は僕もなんだよ。君も僕の夢に出てきたんだ。でも、どういった夢だったか覚えていないんだけど……」

と、そう言ったので、Kさんは吃驚してしまった。

愕いたのは、それだけではない。

面接時にふたりの下の名が同じであることはわかっていたが、ありふれた名前なので偶々だろうと思っていたところ、訊いてみたら生年月日や血液型まで同じだった。

それに五つ齢の離れた妹がいる点やふたりの両親の年齢も一緒で、それぞれの生年月日もまったく同じだった。そのうえ、ふたりとも祖父が亡くなっていて祖母と同居している点まで一緒だったが、祖母の生年月日に関しては、もはや訊くまでもないと思ったという。

結局、ふたりとも面接した会社には採用されなかったが、今でもKさんの働く飲食店に恋人や友人と一緒に食事に来てくれるそうである。

二十六　パーカーの少年

ロンドンには日本のコンビニのようなものはめったにないが、その代わりにニューススタンドは街のあちこちで見かけることができる。

新聞雑誌や簡単な食料品、煙草やロトなどを販売している小売店である。スーパーマーケットよりも価格設定は高めだが、遅くまでやっているので利用する者は多い。

そのニューススタンドを営んでいるインド系イギリス人のカーンさんに聞いた話である。カーンさんの店で一番売れるものは新聞や煙草などよりも雑誌、特にアダルト誌の売れ行きがいいという。

大抵は独りやもめと思しき、いかにもむさくるしい感じの男が買っていくのだが、時折腰の曲がったような老人も新聞やなにやらとまとめてその手の雑誌を購入していくそうだ。

「まあ成人であれば断る理由はないんでね。しかし子どもとあってはそういうわけにはいきませんよ」

五年ほど前のある日、頭をパーカーですっぽりと覆った背の小さな男がアダルト雑誌を一冊買おうとした。

会計をして釣銭を渡した瞬間、フードのなかの顔が子どものそれであることがわかった。

白人でも黒人でも中東系でもなく、東アジア系の十代中頃ほどの少年のようだった。未成年であればもちろん売ることはできない。しかしカーンさんも生活がかかっているので、訝りながらも雑誌を渡した。男――少年はそれを手にすると、そそくさと店を後にした。

それから五日ほど経った頃のことだった。

先日の少年と思しき者がやってきて、アダルト雑誌を物色している。

何冊も手にとってぱらぱらとめくって吟味しているので、もし買うようなら今度こそは注意してやろうとカーンさんは思った。案に違わず少年は、入荷したばかりの一冊を手に取ると、レジにいるカーンさんに突き出してきた。

「失礼ですが、年齢はおいくつですか。未成年でしたらお売りすることはできませんから」

そうカーンさんがいうと、なぜかパーカーの少年はフードのなかでにたりと笑った。

「なにか成人であることを証明するものはありませんかね。それがないとあなたにはお売りできませんよ」

そう強く告げると、少年は踵《きびす》を返して店の外に出て行った。――と思ったら、数歩も進まないうちに、まるで煙が立ち昇るように少年の姿は掻き消えてしまった。

よく晴れ渡った午後の出来事だという。

二十七　アマガエル

Tさんが小学二年生の夏休みに入る前日、学校のプールのそばで一匹のアマガエルを見つけたので、それを手に取って校舎に戻った。

「廊下に自分用のロッカーがあったんです。一人ひとつずつ。といっても、会社とかジムにあるような大きいのではなくて、高さ二十センチ、奥行き三十センチくらいのやつですけど」

そのロッカーの中にカエルを入れて扉を閉めた。袋や容器はないので、むき出しのままである。あと一時間ほどで学校は終わるので、家に持って帰ろうと思ったのだそうだ。

しかし、Tさんはそのことを忘れてそのまま帰宅してしまった。

翌日からは楽しい夏休みである。

子どもなりにやらなければならないこともたくさんあり、カエルのことなどすっかり忘れてしまっていたという。

夏休みが終わり、学校に行くと、ロッカーの前で夏休みに入る前日にカエルを入れたことを思い出した。

当然、ここから出られるわけがないので、死んでいるに違いない。それを思うと、ぞっとしないではいられなかった。

可哀そうなことをしてしまった。どうしたらいいのだろう……。

しかし、開けないわけにはいかない。逡巡した末、勇気を振り絞って扉を開けると、からからに干からびたアマガエルが、ちょこんと座ったままの姿勢で死んでいる。

「うわッやっぱり、って思ったんですけど……」

カエルの顎がもぞもぞと動いた気がした。するとそこから長い舌が出てきて、Tさんの鼻の頭を舐めた。吃驚したTさんは扉を閉めると、その場で泣きだしてしまった。

すると同級生がたくさん集まってきて、どうしたの、と訊いてくる。Tさんはなにも答えられずにいたが、しばらく経って騒ぎを聞きつけた担任の教師が来たので、すべてを話した。

「先生が扉を開けたらどこにもいないんですよ。そうしたら同級生の女子が教室の中から『先生！　先生！』って叫んでいるんです。なにかと思ったら、僕の机のうえにカエルのミイラが座ってるっていうんですよ」

その後、先生からこっぴどく説教を受けたそうだが、死んでいるはずのカエルが舌を出したことや（またそれも長すぎるのだが）、ロッカーから机のうえにどうやって移動したかといったことについては、一切わからないままだった。

アマガエルはクラスの全員で手厚く校庭の片隅に葬ったという。

二十八　ファイヤーパターン

　Hさんは高校生の頃、メーカーが主催するラジコンのカーレースに出場したが、二位に大差をつけて先頭を走っていたのに、いつのまにかファイヤーパターンに彩られた車が自分の前にいる。

　スタート時にそんな柄の車はピットにはなかったはずなので、いったい誰が操縦しているのだろうと思っているうちに、その車が一位でゴールを切った。

　しかし、周りはHさんに「おめでとう」と言ってくるので、狐につままれたような思いだったという。

二十九　墓地横のアパート

飲食店に勤めるN子さんの住むアパートの横には大きな墓地があるそうだ。

遊びに来た友人は口々に、お墓の横によく住めるよね、と言うのだが、静かなので気に入っているとのこと。

しかし、二年前の夏にこんなことがあったという。

その日は仕事が休みだったので、外出せずに部屋で過ごしていると、玄関の呼び鈴が鳴った。

なんだろうとドアスコープを覗いたが、なぜか眼が霞んだようになってよく見えない。

鍵を開けて外に出てみると誰もいなかった。

誰かのいたずらだろうかと、カーテンを開けてアパートの前の通りを見ても、特にひとの姿は見えない。と、そう思ったとき、視界の隅になにか動くものが見えた。

それは墓地の中だった。

強い西陽に照らされながら建ち並ぶ墓石の脇に、黄色いパーカーを着た男児が立っている。まだ三、四歳ほどと思われるので、幼児といっていいだろう。近くには親の姿が見えないので、どうやらひとりでいるようだった。

その男児がN子さんに向かって手を振っている。反射的に彼女も振り返していたが、ふとあの子は誰なのだろうと思った。

もしかしたら玄関の呼び鈴を鳴らしたのもあの子だろうか。

しかしこんな瞬時に、それもあのような小さな子どもが、玄関から墓地の中まで移動できるわけがない。時間にしたら十秒も経っていないのだから。

すると、どのように上ったのかわからないが、自分の背丈よりも高い墓石のうえに座って、両方の腕を上げてこちらに向かって大きく手を振ってくる。

にわかに気味が悪くなり、N子さんはカーテンを閉めてしまったという。

結局、男児は誰で、なぜ手を振っていたのかもわからないままだったが、そんなことが一度あっただけで、それからは特に変わったことは起きていないそうである。

三十　道の駅

会社を早期退職してリタイア後の人生を愉しんでいるLさんから聞いた話である。

五年前の夏、夫婦で東北地方のある観光地へ旅行した際、途中で道の駅に立ち寄ったという。

古びた小さな建物なので、あまり期待せずに地元の特産品を選んでいると、店の奥隅に黒地に赤ラインのサイクルジャージを着た、よく陽に焼けた若者が立っている。

Lさんは若かりし頃に自転車競技をしていたこともあり、つい懐かしくなって声を掛けた。

すると若者は一瞬、吃驚した顔をしたが、にこやかに微笑みながら、自転車で日本一周をしているんです、と答えた。それもひとりで走っているのだという。

「ほう、それは大変だね。がんばってよ」

そう言うと、白い歯を見せて顔をくしゃくしゃにさせながら若者はぺこりと頭を下げた。

買い物を終えて車に乗り込もうとすると、若者は建物の外まで出てきて、Lさん夫婦に手を振り、再び会釈をした。

「最近見かけないような、気持ちのいい若者だな」

そう言って車をバックさせながら、どんな自転車で旅をしているのだろうと駐車場の中を探してみたが、自転車はどこにも見当たらない。おそらく建物の裏にでも置いているのだろうと、深くは気に留めず道の駅をあとにした。

そこから二十キロほど進んだ頃だった。

前方の路肩に車が二台停まっているが、なにやらただならない様子である。

事故かと思ったが、そんな感じでもない。なにごとも見て見ぬふりをすることができないLさんは、妻の制止も聞かず、車を左に寄せて停車した。

すぐに降りて、どうしたんですか、と声を掛ける。

すると、集まっていた中のひとりの中年女性が、

「自転車が横倒しになっていたんですけど、乗っていたひとがいないので、なにかあったんじゃないかと車を降りてみたら、あそこの草むらのなかに倒れているんです」

そう興奮した様子で言った。

女性の指差す先を見ると、たしかに丈高く伸びた雑草の中に、サイクルジャージを着た男性が倒れている。完全に意識がないようで、ぴくりとも動かない。

すでに救急には電話を掛けたとのことだが、場所が悪いので、道路のほうまで連れてこられないのだという。

Lさんはガードレールを跨いで、傾斜を降りていった。倒れている男性の近くまで来たとき、まさかと思ったが、それはすぐに確信に変わった。

黒地に赤の、見覚えのあるサイクルジャージだったからである。

素人が変に動かすのも悪いと思い、横向きになっている躯に顔を近づけ、声を掛けてみたが、なにも返答がない。口の近くに手をかざしてみたが、呼吸もしていない。手の甲を触ってみると、夏の盛りだというのにすでに冷たくなっていた。

男性はサングラスを掛けていたので、Lさんが取ってみると、それはつい先ほど道の駅で会話を交わした若者に間違いなかった。

「いや、しかし、まさか――」

ちょうどそのとき、遠くから救急車のサイレン音が聞こえてきた。

救急隊員が現場に着くと、通報した女性がひと通り事情を説明しているようだった。倒れている場所が場所だけに隊員たちは難儀していたが、なんとか若者を担架に乗せて傾斜を上った。その後、速やかに救急車は発進したが、若者の安否は今もわからないそうである。

「道が渋滞していたわけではないし、途中で自転車に抜かされた覚えもないんだよね。こっちは六十キロ以上で走っているわけだし、信号も殆どなかったからさ。妻に訊いても、絶対に自転車には抜かされていないと言うんだよ」

――まあでも、あれはどう考えても亡くなっていたよなあ。

腕組みをして眉間に皺《しわ》を寄せながら、そうＬさんは語ってくれた。

三十一　カウントダウン

二十年ほど前、当時ロンドンに住んでいた日本人女性のK美さんは、年越しのカウントダウンに参加するため、トラファルガー広場に向かった。

年越しまでにはまだ一時間半ほどあったが、すでに多くのひとたちが集まっていて、ビールを片手に楽しそうに歓談している。

待ち合わせをしていた友人たちとナショナル・ギャラリーの前で合流し、群衆の中に入っていく。集まっているひとたち、特に男性は皆ひどく酔っ払っているようで、屋外パブさながらの状態だった。

そうこうしているうちにカウントダウンの時間になり、周囲のざわめきは一層激しくなった。踊り出す者や奇声を発する者もいて、皆興奮した様子である。

いよいよカウントダウンが始まり、そして新年を迎えた瞬間。

「ハッピー・ニュー・イヤー！」

口々にそう叫びながら、近くにいるひととハグをし合っている。

友人たちのほうを見ると、中東系やイギリス人らしき男性たちに抱き締められて、接吻を受けていた。

恋人でもない見知らぬ者からキスの洗礼を受けるという、ここのカウントダウンのうわさは知っていたが、参加するのは初めてだったので、K美さんはすっかり愕いていた。すると突然、脇に手を入れて躯を高く持ち上げられた。

――ええッ、わたしも？

恥ずかしさのあまり手袋で顔を覆ったが、指の隙間から自分を抱き上げた相手の顔が見えたとたん、K美さんは心臓が止まる思いだった。

それは高校時代に想いを寄せていたT君だったからである。

スポーツ万能で成績優秀。背も高く、ルックスの良さも抜きん出ていた。他校にファンクラブもあったほどだ。

周囲の話によれば、T君はK美さんのことを想っていたとのことで、互いの気持ちは通じ合っていたようだった。しかし、進学を控えた卒業間近のことで、交際にまでは至らなかった。

この場所で今、いったいなにが起きているのだろう。

これって偶然？　T君もロンドンに住んでいるのだろうか。今こうして抱き上げているのが私だとわかっているのかな――。

瞬時にそんなことを考えたが、次の刹那、K美さんは頭の中でそれらのことを否定していた。

なぜなら、T君は数年前に交通事故で亡くなっていたからである。

そのことは事故の半年ほど後に知ったため葬儀にも出られなかったが、そのとき受けた衝撃をK美さんは昨日のことのように思い出していた。

とても信じることができない。よく似た違うひとではないのか。

そう思いながら再び指の隙間から覗くと、穏やかに微笑むその顔は、やはりT君に間違いない。思わず溢れるものが抑えきれなくなって、K美さんは嗚咽を漏らしながら男に抱きついていた。

男はなにも言わず、ただK美さんのことを強く抱き締める。彼女の鼻にキスをし、躯を優しく地面に下ろした。そして笑顔で一度頷いたかと思うと、雑踏の中に紛れ込むようにして消えていった。

すぐに後を追ったが、もうどこにも見当たらなかったという。

「後で友人たちから言われたんです。K美の相手は日本人だったよね、と。その辺の芸能人なんかよりもカッコよかったって――」

普段は日本人男性の悪口ばかりで、もっぱら欧米人びいきの友人たちが、口を揃えてそう言ったそうである。

三十二、ポケットの中

外車ディーラーに勤めるBさんは、ダウンジャケットのポケットからスマートフォンを取り出そうとしたとき、カシャッ、とシャッター音が聞こえたので、誤ってカメラ機能を起動させてしまったと思った。

画面を見ると、水のようなものに浸かる眼を閉じた女の顔のアップが、粗《あら》い画質で写っている。写真のようにも絵画のようにも見えたが、いずれにしても、そんなものを撮った記憶はないという。

三十三 教員住宅

関西地方の小学校で校長を務めるFさんが、教員免許を取得した三十年前、最初に赴任した先から住居としてあてがわれたのは、築十年ほどの木造の一軒家だった。

深夜、その家で床に就いていると、天井でなにかが動き回る音がする。鼠かなにかだろうと思ったが、そういう大きさではない気がした。迷い猫が入り込んでいるのかと家の周りを見てみたが、そういった隙間はどこにもない。

仕方なくしばらく放っておいたが、ある日の晩、ぎしぎしと人間が歩くような音がしたので、Fさんはさすがにぎょっとした。

押し入れから天井裏に顔を出し、恐る恐る懐中電灯で照らしてみたが、ひとや猫はおろか、鼠一匹見当たらない。もっとも敏捷な動物のことだから、天井の羽目板を開ける気配を察して、どこかへ逃げてしまったのかもしれなかった。

ひと息ついて再び床に潜る。

しかし眼が冴えてしまい、なかなか寝つくことができない。それでも少し、うつらうつらとした、そのとき。

階段を一段一段、ゆっくりとひとが降りてくる足音が聞こえ、思わずがばりと布団をはねのけた。――が、そんなはずはないのだ。
なぜなら、Ｆさんが住んでいるのは平屋だったからである。

三十四　初夢

数年前、ごみ回収業者のTさんは、可燃ごみの集積所で乳児の死体を見つけたことがあるという。

すぐに殺人事件として捜査が始まったが、その年に見た初夢が、ごみの集積所で乳児の死体を見つけるというものだったので、正月早々気味の悪い夢を見てしまったと思っていたそうだ。

どのようにして入っている袋を見分けられたかといえば、夢で見た袋の形状を無意識の裡《うち》にはっきりと記憶していて、見るなり迷わずに袋の口を開けたそうである。

三十五　コーチ

十年ほど前、ロンドンに住むアーロンさんが、イギリス北部へ旅行に行ったときのことだという。

スコットランドの中央、ピトロクリーのA９高速道路をニュートンモアの方面に向けて車を走らせていると、後方に一台のコーチ（四輪の大型馬車）がついてきていることに気づいた。

リミットの七十マイル（時速一一三キロ）は出ているというのに、車間は縮まる一方で、気づくと自分の車の右側にぴたりとくっついている。

白い毛並みの薄汚れた馬が二頭、足並みを揃えるように走っている。その後ろに山高帽《ボーラーハット》を被った、年老いた男が手綱を握っていた。

荷台にひとを乗せているのかと思ったら、誰も座っておらず、大きな棺が一基載っている。

コーチというやつは、こんな速度で走ることができるのか。二頭もいれば可能なのだろうか。いいや、たとえ何頭いたとしても無理だろう。

そんなことを考えていると、手綱を持った男が運転席のアーロンさんのほうに突然向いた。すると、にかっと満面の笑みでウインクをしてきた。

次の瞬間、まるでターボエンジンでも積んでいるかのように、一気に加速してアーロンさんの車を追い抜いていく。見通しの良い直線道路だというのに、馬車はあっというまに見えなくなってしまった。

百マイル（時速一六一キロ）以上は出ていただろうという。

三十六　更地

大正時代に建てられたある一軒の長屋が解体されて、うなぎの寝床のような細長い更地になったが、その前を通るとなぜか線香のにおいがする。

瓦礫はすべて綺麗に片付けられ、新たに砂利が敷き詰められているのに、だ。

私は不思議に思って、近くの住人に訊いてみたところ、

「あそこは二年おきぐらいにひとが死んどったからなァ。持ち主の親戚筋もそうやけど、誰かに貸しても同じやった」

大正から平成に掛けて、今まで何人死んでいるのか想像もつかないという。

だからといって、においの説明はつかないのだが――。

三十七　動物園

十八年ほど前のことだという。

整体師のHさんは、家族を連れて関東のある動物園に行ったそうだ。

入り口のほうから順繰りに観ていったところ、ライオンの檻の前に三、四人の大人が集まって口々になにか言っている。

子どもの手を引きながら近づくと、五歳ほどの女児が檻の中に入って、雄のライオンのたてがみを撫でたり、躯に抱きついたりしていた。

フランス人形のようなロココ風の洋服を着た、ブロンドヘアーの西洋人の子どもである。

最初ロボットのようなものかと思ったが、どう見ても血の通った人間にしか見えない。

集まっているひとたちは、危ないから係員を呼ぼう、と騒いでいるが、言うだけで誰も動こうとしない。女児の一挙手一投足に釘づけになっている。ライオンはまったく気にする様子はなく、香箱を作って気持ちよさそうに眼を細めていた。

五分ほど経った頃、突然、女児の躯が内側から透けたようになり、輪郭だけがその場に残った。口を開けながら皆呆然と立ち尽くしていたが、そのわずかに残った躯の線も、次第に端のほうから周囲に溶け込むようにして消えてしまった。

にわかには信じがたい話だが、その場にいた全員が目撃したそうである。

三十八　一家心中

十年ほど前、Nさんの住む閑静な住宅街で一家心中があったという。

事件直後はマスコミや野次馬が多く来たが、一週間も経つと、なにごともなかったように以前の平穏を取り戻したとのこと。

Nさんは仕事へ行くために事件の起きた家の前を通らなければならないが、それまではなにげなく歩いていたのに、妙に気になって仕方がない。

一家心中とあって、もう住む者はいないのだが、家屋が道路に面しているので、今にも生活音が聞こえてきそうだった。

――いやぁ、まさかね……。

と、そう思った瞬間、設定していないはずの携帯電話のアラーム音が突然鳴った。

なんだろうと画面を見ると、「初七日」と書かれている。

そんなものを登録した覚えはないという。

三十九　ポアロのマンション

スイス人の男性アヒムさんの話である。

八年ほど前の真冬のことだという。

ロンドンの中心部ファリンドンのパブで、友人と閉店まで呑んで別れた後、酔いさましで家までの道を歩いていると、前方に十階建てほどのマンションのようなものが見えた。

黄土色のレンガ造でアールデコ様式の立派な建物だが、見ているうちになにか強い既視感を覚えた。

アヒムさんは推理小説が好きで、その手の映像作品もよく観ていたが、ミステリーの女王アガサ・クリスティーの生んだ名探偵エルキュール・ポアロが、ドラマの中で住んでいると設定されていたのが、まさしくこのマンションであることを思い出した。

――なんといったっけ。ああ、たしかホワイトヘイヴン・マンションズだったか。

もっともそれは創作の中の話で、実際の名前は違うはずだった（後日調べたところ、建物はフローリン・コートという名前で、ポアロの住居として撮影に使われたことも事実であることがわかった）。

マンションの前には大きな広場があり、五日前に降った雪が解けずにそのまま残っていた。月明かりに照らされ、そこだけ切り取ったように浮かび上がって見える。

するとそのとき。

雪の上を青白い小さな光がいくつも飛んでいるのをアヒムさんは見た。

それは夜空の星のように数えることができないほどで、飛び交っている様は筆舌に尽くしがたい光景だった。

蛍だろうか、とアヒムさんは考えた。

光の大きさからすれば、それが一番妥当と思えた。あまりの美しさにしばらく見入っていたが、ふと我に帰ったとたん、ある疑問が頭をもたげた。

こんな真冬に蛍などいるだろうか。それにこれほどの明るさの蛍など今まで見たことがない。それにイギリスの蛍はツチボタルが主で、オスは飛ぶには飛ぶが光が弱く、メスは光は強いが羽が退化して飛ぶことはできないのである。

——これはいったいなんだろう。

そう思った瞬間、竜巻でも起きたかのように無数の光は渦状にうねりながら空高く上っていく。そしてついには見えなくなってしまった。

一部始終をアヒムさんは呆然と見ていたが、結局なにが起きていたのか、いったいなんの光だったのか、すべてがわからないままだった。

月日が流れるうちに不可思議な夜のことはすっかり忘れていたが、二年ほど経ったある日、ファリンドンのチャーターハウス・スクエアの新鉄道《クロスレール》の工事現場から、十四世紀にヨーロッパ全土で猛威を振るった黒死病《ペスト》の犠牲者と思われる十三体の人骨が発見されたことを報道で知った。

ふと興味が湧き、詳しく地図を見てみると、チャーターハウス・スクエアとは、例のエルキュール・ポアロのマンションに面した広場のことだった。ということは、あの晩、謎の無数の光を見た場所である。

「あの光と見つかった人骨が関係あるのかはわかりませんが、気になったので、自分なりに少し調べてみたんです」

現在の広場の場所は、中世の疫病犠牲者の墓地であったとの記録が残っており、五万人もの遺体が埋められている可能性があることが判明したという。

「僕が見た光もそれくらい数え切れないほどでしたから――」

最後にアヒムさんはそう語った。

四十　自宅を眺める老人

会社員のBさんが出勤のために車を走らせていると、七十代ほどのパジャマ姿の男性が、ある新築の家の前に立って、ぼうっと自宅のほうを眺めていることがあるという。

朝だけでなく、夕方帰宅するときも外に出ていることがあるので、新しい家の中で煙草が吸えず、外に追いやられているのだろうかと考えた。

しかし時折、歩道を越えて車道のうえに立っていることがあり、ハンドルを切って避けねばならないときもあって、危険だなと感じていた。

注意をしようとも考えたが、近所でないにしても同じ地域とあって、トラブルになるのも面倒くさい。男性の家族が注意してくれればいいのだが、そのうち通り掛かった誰かが文句のひとつも言うだろう、とBさんは思っていた。

そんなある日の夕方――。

Bさんが帰宅の途中、件の家の近くに差し掛かったとき、またあの老人が家の前に立っているのが視界に入った。車道に出て、ぼんやりと自宅を眺めている。

煙草は吸っていなかった。もっとも、これまで何回も眼にしているが、煙を吹かしている姿は一度も見ていないことに今更ながら思い至った。

車道に出てはいるものの、Bさんの走行路ではないので轢いてしまう懸念はないが、念のためにスピードを落とした。するとそのとき、部活帰りの女子高生たちが自転車に乗りながら並列でこちらに向かってくる。

彼女たちが気づかなければ、老人は自転車と衝突してしまう。うまく避けるのだろうと思ったが、まったくそんな気配はない。

その瞬間、Bさんの車は並列する自転車とすれ違う形になったが、彼女たちが老人を避けているようには見えなかった。

大丈夫なのか。転んで怪我を負っているのではないか。

すぐにバックミラーを見ると、老人は変わらず同じ場所に立ち続け、家のほうを見つめている。

帰宅後、そのことを家族に話すと、事情通の母親が、

「あのお宅のご主人は、家を新築するのと同時に亡くなったはずよ。自分が建てた家で死にたい、ってずうっと言っていたそうだけど、息子さん夫婦と同居することになって、お嫁さんが古い家はイヤって言い張ったみたいね。それで息子さんの独断で新しく建て直したそうよ」

老人の姿は今でも時折見ることがあるが、自分の進路の邪魔になっていると、やはりハンドルを切って避けてしまうという。

四十一　ざんばら髪

イラストレーターのDさんは幼い頃、何度も自宅のコンクリート塀のうえに妙な頭をした男の顔が乗っているのを目撃したことがあったが、テレビなどを観ているうちに、それは昔のひとが髷《まげ》を解いたざんばら髪というものであることがわかった。

自宅の角地になんとか塚と刻まれた古い石碑があり、祖父がよく手入れをしているので、それはなにかと訊いたら、ひとりの可哀そうな武士の頭が埋まっているんだよ、と教えられた。

埋まっている武士はDさんの家系とはなんの所縁《ゆかり》もないそうだが、先祖代々こうして守ってきたのだ、と祖父は誇らしげに語ったという。

四十二　不穏な言葉

七年ほど前、銀行員のS美さんが友人の結婚式に呼ばれたときのことだという。

新婦の女性とS美さんは、小中学校時代はとても仲が良かったが、高校から違う学校になったため、長らく音信不通だった。たまに思い出しはしたが、わざわざ連絡を取り合って集まることまではしなかったそうだ。

そんなある日、急にその友人から結婚式の招待状が届いたものだから、S美さんは非常に愕いた。久しぶりに会いたかったこともあり、出席することにして、当日を愉しみに待った。

結婚式の当日。

少し早めに会場入りしたS美さんは新婦の控室を訪れると、純白のウエディングドレスに身を包んだ、すっかり大人っぽくなった友人がはにかみながら彼女を迎えてくれた。

「本当のことを言うと、今日来てくれないんじゃないかって思ってたの。全然連絡できなくてごめんね」

友人はそう言ってS美さんに頭を下げた。ううんそんなことない、とS美さんは友人の手を取りながら、

「わたしこそ連絡しなくてごめんなさい。ずうっとあなたに電話しようと思っていたの。謝らないといけないのはこっちよ」

ふたりで抱き合うと、暫し旧交を温めた。

その後、式はつつがなく終わり、そのまま大会場に移って披露宴が始まった。

少し派手なところがある友人に比べて、新郎は黒ぶちの眼鏡を掛けた、いかにも真面目そうな男性だった。話によれば、市役所に勤めているというので、いいひとを見つけたんだな、とS美さんは思った。

色々なひとたちのスピーチが終わり、歌の余興になった。

新郎側の友人は、二十年ほど前に流行した男性ボーカリストの曲を唄ったが、特に巧いわけでもなく、皆あまり聴いている感じではなかった。続いて新婦側の友人は、短大時代に一緒だったという可愛らしい女性で、近年こうした場で唄われることが多い女性シンガーソングライターの人気曲だった。

S美さんもその歌は知っているので、曲に合わせて口ずさんでいると、なにか妙な違和感を覚えた。

女性の歌声に時折、野太い男のような声が混じるのである。

当の本人はまったく気づかない様子で、緊張した面持ちで唄っているが、S美さんはその男の声が気になって仕方がない。

耳を澄ませて聴いていると、「おまえ」「あのやろう」「くやしい」「のろって」「ちくしょうが」「わびろ」「しんで」「たたる」「おぼえてろ」というような不穏な言葉ばかりなので、いったいどうなっているのかと、周囲を見回してみると、自分のテーブルを始め、殆どの出席者たちは口ずさみながら笑顔で手を叩いている。

ただ唯一、新郎の親戚と思われる年配の女性が、青褪めた顔で新婦のことを見つめていたという。

四十三　赤毛の女

ベルギー人の男性ヤンさんの話である。

今から十五年ほど前、ヤンさんはイギリスの南東部ブライトンの語学学校に通っていたそうだ。ロンドンのような喧騒の中ではなく、落ち着いた環境で英語を学びたかったからだという。

学校に入学して一ヶ月ほど経った頃のこと。

校内のカフェテラスでコーヒーを飲んでいると、赤い髪をした左小鼻に豆粒のようなピアスをした若い女性が入ってきて、ヤンさんの隣に座った。

混んでいるのならともかく、席は他にも空いているのにと思っていると、

「アナスタシアは死にました。地面に突き刺さって死にました」

ヤンさんのほうを向いてそう言ったかと思うと、立ち上がって出ていってしまった。

アナスタシアなどという知り合いはいないし、見知らぬ者にそんなことを言われる覚えもない。まったく意味がわからない。

今まで学校で一度も見かけたことのない顔だった。生徒数が多くない学校とあって、一ヶ月通っているうちに生徒の顔は大体覚えていたつもりだったが、赤毛の鼻ピアスの女

性など見たことがない。

なにか聞き間違いだったのかもしれない。後を追いかけて質《ただ》してみようとすぐにカフェテラスを出たが、女性の姿はもうどこにも見当たらなかった。

女性は流暢な英語を話したが、少しポルトガル語訛りを感じたので、その風貌から南米人、それもブラジルの女性かなとヤンさんは推測した。

午後の授業の後、担任の男性教師に、

「この学校にブラジル人の女性はいますか？」

と尋ねてみると、しばらく眉間に皺を寄せて考えていたが、

「いいや、今はいないね。時期によっては数名入学することもあるがね。それでもブラジル人は多くはないかな」

そう答えた。もっとも、国籍は違うかもしれないので、

「ブラジル人というのは忘れてください。赤い髪をした鼻にピアスをしている女性の生徒もいませんか？」

重ねて質問すると、教師はふうむと唸って、

「エレメンタリー（初級コース）からアドバンスド（上級コース）まで全員把握しているけどね。君の言うような生徒はひとりもいないな」

そう断言した。実際、自分も赤毛の女性のことは初めて見たのだから、教師の言うことが事実と思われた。結局、卒業するまでの半年間、その女性を見かけることはなかったが、それでも時折、あれはなんだったのだろうと思い出すことはあった。

その後、帰国してからすぐに就職が決まり、仕事に追われているうちに、あの日のことはすっかり忘れていたという。

それから五年ほど経った頃、ヤンさんは職場で知り合ったリージヤさんというロシア人女性と恋に落ち、結婚した。

事後報告ではあるが、リージヤさんの両親への挨拶のため、彼女の故郷であるロシア・チェバシ共和国の首都チェボクサリに行くことになった。

親族の集まった宴席の場で、ひとりの中年の男性が、

「ああ、娘が生きていたら、こんなふうに美しい花嫁になっていただろうに！」

そう言うと、目元を押さえて泣き始めた。

男の隣に座っていたほっかむりをした女性が、なにごとか囁きながら背中をさすって慰めているようだった。

どうしたのだろうかと、ヤンさんはリージヤさんに訊いてみると、

「あの伯父さんの娘——私の従姉なんだけど、数年前に事故で亡くなったのよ。ロックク

ライミングの選手だったんだけど、カナダの山で転落して即死だった」

歳も近いので、幼い頃はよく一緒に遊んだという。

「ロッククライミングなんて危険なこと、私はしたいなんて一度も思ったことがないわ。親戚といっても、その辺はまるで似なかったわね」

そう言いながらもリージヤさんは伯父の元に近づいて、ほっかむりの女性と一緒に優しく背中をさすった。

伯父の嗚咽も止まらない。慰められるほどに娘への想いが溢れてくるようだった。

——と、そのとき。

「ああ、私の愛する可愛い娘、アナスタシアよ。お前は可哀想に……」

伯父がそう呟いた刹那、数年前、ブライトンの語学学校での出来事をヤンさんは思い出していた。

アナスタシア。

あの日、赤毛の女性が言った名前は、たしかにそれだった。

これは偶然だろうか。

それに赤毛の女性は、アナスタシアは地面に突き刺さって死んだ、と言った。

リージヤさんの従姉は転落死とのことだったが、女の言うように地面に突き刺さる形で死んだのかまではわからない。それをこの場で誰かに訊くのも躊躇われた。しかし、似たような死に方であるのはたしかだった。

宴席の後、リージヤさんに従姉が亡くなったのはいつ頃のことだったかと尋ねてみると、愕くことにヤンさんが語学学校に通い始めて一ヶ月ほど経った、あの赤毛の女に会ったまさにその時期であることが判明した。

語学学校での出来事を細かくリージヤさんにも話してみたが、小首を傾げて不思議そうにしているだけだった。

赤毛の女のことも、まったく心当たりがないと答えたそうである。

四十四　ジミー

横浜で雑貨店を営むA子さんは、幼い頃に住んでいた家が、本牧にある戦前に建てられた建物だったそうだが、夜になるとどこからともなく、

「ジミー、ジミー、ねぇ、ジミーったら！」

そういう若い女性の声が聞こえるので、なんだろうと思っていたが、ある日、父親にそのことを告げると、しばらく眉間に皺を寄せていたが、

「それは、ここが昔チャブ屋だったからだろう。心配することはないさ」

と、そう小さな声で言っただけだった。

そのときは、なんのことだかさっぱり理解できなかったが、長じてようやくその意味を知ったそうである。

そのせいではないと思うが、A子さんのご主人はアメリカ人だそうで、しかし名前はジミーではないという。

四十五　妙な夢

七年ほど前のある日、会社員のW子さんは妙な夢を見た。

自宅によく荷物を持ってくる宅配便のドライバーの頭を、背後から鈍器のようなもので殴りつける夢である。それも血まみれになるまで、何度も何度も振りおろしたそうだ。

別にそのドライバーに恨みがあったわけではない。

むしろ愛想もよくハキハキとした好青年なので、いい印象を持っていたほどだった。なぜそんな夢を見たのか理解できない。

もしかしたら好意の裏返しなのかもしれないと考え、少し恥ずかしくなった。

すると、次の休みの日、家でくつろいでいるとインターフォンが鳴った。

出ると件の宅配会社だったが、通販で買ったものを持ってきてくれたようだった。しかし、ドアを開けてみると夢で見た男性ではなく、新入りらしい若者だった。

今日は休みなのだろうかと思いながら受領のサインをし、最後に少し躊躇いながらもごく自然なふうに、

「今日はいつもの方じゃないんですね」

と、そう言うと、若者は吃驚した顔をした。

なにか言い淀んでいる様子なので、どうしたんですか、と尋ねると、

「いや、それが――」

作業中に重たい荷物が頭に落ち、大怪我を負って入院したというのだった。幸い命に別条はないが、一時は意識不明に陥り、危なかったという。

それを聞いて思わず絶句したが、

「ああ、そうでしたか……。くれぐれもお大事にとお伝えください」

そう言うことしかできなかった。

それ以降、W子さん宅の担当はその若者に代わってしまった。以前のドライバーは退院したそうだが、仕事ができない躯になってしまい、結局辞めてしまったそうである。

四十六　プール

Nさんが中学生のとき、水泳の授業中に潜水で泳いでいると、自分のすぐ真下に白髪の老人が眼を開いて仰向けに横たわっている。

愕きのあまりすぐにプールから飛び出したが、Nさんは胸が下に着くほど底すれすれのところを泳いでいたのだという。

遡《さかのぼ》ること二十五年ほど前に、同じ町内に住む高齢の男性が夜中にプールへ忍び込んで溺死した出来事があったのを後で知ったそうだが、それは今のプールが建てられる前のことだったという。

四十七　白い崖

イギリスの南部イースト・サセックスに位置するイーストボーンには、セブンシスターズとビーチー岬という世界的に有名な観光名所があり、国内有数のリゾート地として知られている。

セブンシスターズとビーチー岬――このふたつの岬は、白亜紀に形成されたチョーク岩からなる白い崖なのだが、初めて見る者は、自然の創りだした険しくも美しい姿にしばし陶然とさせられることだろう。

特にビーチー岬の崖は海抜百六十二メートルの高さがあり、チョーク岩の崖としてはイギリスで一番なのだそうだ。

一面見渡す限りの平原の中に、突如として現れる白く切り立った崖。近づくにつれて、そのスケールの大きさに圧倒されるが、この岬はまた違うことでも有名である。

それは英国随一の自殺スポットということだ。

一九六五年から七九年までの間、百二十四人がここから飛び降りたという。

その後、自殺防止のためのパトロールが功を奏し、かなり数は減ったものの、テレビで取り上げられたことで却って有名になってしまい、現在では年間二十人ほどが、この断崖絶壁を最期の場所に選び、決行するとのことだ。

ロンドン在住の中国系イギリス人女性ケイティさんは、五年ほど前、交際している男性とイーストボーンに小旅行に出掛けたという。

漁港の屋台で魚料理を食べた後、ビーチー岬に向けて車を走らせた。

これまでにも映像などで見たことはあったが、白と緑の強烈なコントラストを目の当たりにし、ふたりは思わず互いのことも忘れて見入ってしまった。

適当な場所に車を停め、そこから崖の縁まで歩いていく。眼下には鈍色に輝くイギリス海峡が見え、なんともいえず開放的な気分になった。

「なんて絶景なの。すごく素敵な場所ね。空気もいいし。週一でロンドンから通いたいくらいだわ」

そうケイティさんが言うと、恋人のドイツ人男性マルクスさんは、そうだね、と答えたが、なにか浮かない顔をしている。どうしたのかと尋ねると、先ほどから肩が重くて仕方がないんだ、と呟いた。

ケイティさんはバッグから解熱鎮痛剤《パラセタモール》を取り出して、

「きっと運転で疲れたのね。次は私がするから任せて。この薬を飲めば平気よ。せっかくだから近くまで行ってみましょう」

そう言ってマルクスさんに手渡した。

崖の際には柵のようなものはなにもない。灯りも見当たらないので、夜間に来たら誤って落ちてしまうのではないか、とケイティさんは思った。もっとも、これだけ長い崖の縁すべてに柵を設けるのは大変な事業であるし、そんなことをしたら景観も大きく損ねてしまうに違いなかった。

少し気分が良くなったのか、マルクスさんは崖の近くまで行き、ケイティさんに向かって、

「写真を一枚撮ってくれないか。ＳＮＳにアップするから」

そう言って頼んできた。

ケイティさんがスマートフォンで写真を撮ると、マルクスさんは縁に向かってにじり寄りながら、崖の岩肌を見下ろそうとしているので、

「マルクス、そんなに近づいたら危ないわよ」

そう口走った瞬間、

「う、うわッ！」

後ろに転ぶようにマルクスさんが尻もちをついた。声にならない声を発しながら、必死

な形相で崖下を指さしている。

どうしてしまったのだろう。この下になにかあるというのか。

――と、そう思ったとき、ここから転落してしまった者がいて、その死体を見つけてしまったのではないかと彼女は考えた。もしそうであれば、自分も確認して警察に通報しなければならない。

特に高所恐怖症ではないが、立ったまま近づくのはさすがに怖いので、腹ばいになって縁ぎりぎりまで進んで崖下を覗いた、そのとき。

ケイティさんは見た。

垂直に切り立った白い岩肌を、崖上に向かって走ってくる若い女の姿を。

所々の起伏などまるで問題ないといったように、物凄い速さでこちらのほうに近づいてくる。その顔は土気色で、とても生きた人間の顔色とは思えなかった。

「いやッ！」

腹ばいのまま後ずさり、躯を起こすと、すぐにマルクスさんの元に行き、手を握った。

すぐにその場を離れ、車に戻る。しばらくはふたりとも押し黙ったままだったが、想いは同じはずだった。

三十分ほど車を走らせたところで、ようやくマルクスさんが口を開いたが、ケイティさんが目撃したものとまったく同じものを見たと話したそうである。

古くからビーチー岬には幽霊の目撃談が多く、一九五二年には悪魔祓い《エクソシスム》の儀式が行われ、百人以上もの人たちが参加したそうである。

四十八　栗の実

四年ほど前、北関東で林業に従事するSさんは、自治体からの要請で涸沢の雑木林の伐採をしていたところ、その日はやたらとチェーンソーのエンジンが止まる。

昨日はそんなことはなかったのでおかしいなと思っていると、石つぶてのようなものが二、三個背中に当たった。

なんだろうと足元を見ると茶色い栗の実である。近くには栗の木など一本も生えていないし、第一、季節ではない。

不思議に思って投げられた方向に向かって歩いていくと、ブナの木の枝に、首を吊ってまだまもないと思われる女の死体がぶらさがっていた。

それがありえないほど高い位置だったという。

四十九　奇癖

五年前にRさんの友人は交通事故で亡くなったが、その直後から事故現場付近に幽霊が出るといううわさが流れた。

もしかしたらアイツの霊ではないのか。もし本当に現れるのなら、この眼でたしかめたい——そうRさんは思い、連日のように現場へ赴いたが、結局一度も見ることは叶わなかったという。しかし目撃した者いわく、幽霊は眼鏡を掛けており、時折それを外し、耳掛け部分のにおいを嗅ぐような動作を繰り返すと聞いて、それが亡くなった友人であることを確信したそうである。

五十　国会議員

三十五年ほど前のことだという。

当時会社員だったKさんが、夕食後に居間でテレビを観ていると、玄関のチャイムが鳴った。こんな夜に誰だろうと不審に思いながら出ると、五十がらみの男で、どこかで見たような顔である。

どなただったろうと思ったら、名刺を差し出してきて「国会議員の●●です」と名乗った。

見ると、たしかに地域に地盤のある野党議員である。全国的に名の知れた政治家ではないが、時折、街中でポスターを眼にするので、それで見たことがあるのだろうと思った。

「たった今、国会から帰ってきたところなんですよ」

聞いてもいないのに、そんなことを言いながらガリ版刷りのビラを一枚手渡してくる。与党の横暴さをひと頻り説明し、なにか生活のうえでお困りのことがあったらお気軽に連絡ください、と言い、握手をして帰っていった。

しかしその翌朝、新聞を読みながら朝飯を食べていたKさんは愕きのあまり、激しく咳き込んだ。

昨晩、家に訪ねてきた議員の訃報が載っていたからである。

記事によると、昨日の朝、自宅で首を吊って死んでいるのが発見されたというのだった。

慌てて議員が置いていったビラと名刺を探したが、なぜかどこにも見当たらなかったそうである。

五十一　ある奴隷

二〇一四年十一月、英国内務省は同国内で現在、奴隷状態にあるひとの推定数は最大で一万三千人に上ると発表した。この推定人数には、売春を強いられている者、あるいは工場や農場などで肉体労働を強いられている者たちが含まれるが、その多くが外国人なのだそうだ。ここでいう奴隷はかつての黒人を対象にした人身売買のそれではなく、もっと広義の意味での奴隷であると思われる。

この日本にも同様の問題がある。奴隷とまではいわなくても、近年よく聞かれるブラックバイトやブラック企業と相通じる部分を感じるのは私だけではないだろう。

そもそもイギリスは他国に先駆けて奴隷貿易を廃止した国である。そうした国で現在も往時と似たようなことが起きているのは、なんとも皮肉な話だが、奴隷制度で利便性を享受した者たちが、古い慣習をひきずるというのは、ごく自然なことと言えなくもない。社会構造として染み付いてしまっているのかもしれない。

イギリスの南部ウィルトシャー州といえばストーンヘンジが有名だが、その州内のソールズベリー地区に一軒の大きな屋敷があるという。

十八世紀中頃、その屋敷にひとりの若い黒人女性が家事使用人として住み込んでいた。真面目で働き者の女性だったが、古参の女中頭からことあるごとに叱責されたり嫌がらせを受けたりして、ある日、庭木に紐を掛け、首を縊って死んでしまった。

それからほどなくのこと。

女中頭は隣町に買い物に行くといって出たきり戻らなかった。近くの沼に入水していたのである。

また執拗ないじめを見て見ぬ振りでいた他の召使いたちも、落馬して大怪我を負ったり、急な病気で死亡したりということが頻発した。

残った者たちはこぞって暇を乞い、わずか半年ばかりのうちに、元々いた召使いたちはひとり残らずいなくなってしまったとのこと。

だが不思議と、屋敷の主人だけはそういった災難に見舞われることはなかったそうだ。

現在も屋敷は残っており、今も写真を撮ると、女性が首を吊った庭木の辺りにうつむいたシルエットの人物が写ることがあるという。

五十二　誘う者

男性看護師のOさんによると、入院病棟に死人の続く部屋はたしかにあるという。日当たりのいい角部屋だが、夜になると一転、その付近だけ気温が下がったように感じられるとのことだ。

二年前の初夏、比較的容態の安定していた中年の男性患者がこの部屋に移ることになったが、二、三日のうちに急変して亡くなってしまった。

患者は独身者で家族もいないようだったので、Oさんが後片付けのために部屋に入ったところ、レースカーテンが不自然なふうにめくれている。テーブルの上にはキャップの取れた油性のマジックペンが転がっているので、なんだろうと思ったら、

『幸』

ガラスの窓枠いっぱいにそう書かれていた。

「死神に連れていかれるとかって、よく言うじゃないですか。でも、それを見てから、必ずしもそうではないんじゃないかなと思うんです」

しかし、なにかが死へ誘《いざな》ったという考えは否定できないという。

五十三　ファッション・スナップ

美容師のDさんが空いた時間に店に置いてあるファッション雑誌をめくっていると、道行く人たちのスナップ写真の特集が組まれていた。

なにげなく見ていると、あるページのところで指が止まった。

自分の客が写っていたからである。

しかしバイク事故で亡くなって、かれこれ二年以上は経つはずだった。長い付き合いなのでDさんも葬儀に駆けつけたのである。

あのときの、なんともやるせない気持ちを思い出した。

「あのさ、古いやつはもう片付けちゃっていいよ」

手にした雑誌をひらひらさせながら、見習いの男のコにそう言うと、

「それ、今月のっスよ」

不思議そうな顔でそう答えたという。

五十四　窓辺の老人

ロンドンで福祉関係の仕事に携わるスミスさんの話である。

スミスさんはノーザン・ラインのハイゲート駅の近くに長く住んでいるが、十二年ほど前、自宅の通りを挟んだ斜向かいの家の独居老人が亡くなったそうだ。

死因など詳しいことはわからないが、しばらく顔を見せないので隣家の者が気になって家を訪ねたところ、いくら呼び鈴を押しても出てこない。いつもはこんなことはないので、もしやと警察を呼んだ。すると、リビングでうつぶせになって死んでいるのが発見されたのだという。

真夏のため腐乱は進行していたが、躯はそれほどではなかった。ただ、顔だけが真っ黒に変色していたそうである。

父親の死の報を受け、遠方に嫁いでいたひとり娘が帰ってきて、哀しみに暮れるなか、葬儀やら諸々の手続きをしたようだった。娘は遠くマンチェスターに夫とふたりの子どもたちと住んでいた。

こんなことのあった家なので売却するのかと近所の者たちはうわさしたが、そうすることはなく、月に一回程度、娘はロンドンへ帰ってきて、家の掃除や庭の手入れをして、またマンチェスターに戻っていった。

そんなある日、スミスさんの隣に住む老婦人がやってきて、声を潜ませながら、

「この前、あの家の前を通ったら、窓辺のカーテンが開いていたのよ。あら、お嬢さんカーテン閉め忘れたのかしらって、そう思ったら――」

死んだはずの老人が窓辺に立っていた、というのである。

それも真っ黒な顔をしていたので、老婦人は思わず、ひゃっ、と叫び、漸《ようよ》う自宅の玄関まで辿り着いたとのことだった。

そんな莫迦なことが、とスミスさんは思っていたが、また別の人物――老人の古い知己が、死んだことを知らずにやってきて、玄関の呼び鈴を押したが、ちっとも出てこない。わざわざ遠くから来たのに不在なのかと踵を返して帰ろうとしたところ、窓辺のカーテンが開いている。そこにひと形のシルエットが立っていた。なんだいるんじゃないかと手を振った瞬間、その人物の顔がインクで塗りつぶしたように真っ黒なことに気づいて、愕きのあまり尻もちをついたということがあった。

そういった話は瞬く間に広がり、あの家は老人の幽霊が出るとうわさされた。しかし、たまにやってくる娘の耳にはそういうことは入ってこないのか、まったく気にする様子はなく、月に一度、一泊だけしてマンチェスターに帰っていった。

その後も二年ほど空き家のままだったが、時折、窓辺に立つ老人を見たという者がいた。が、それ以上のことはなく、老人と思しき黒い顔の人物は、外を窺うようにひっそりと窓辺に立っているだけだった。

そんなある日、娘がふたりの子どもを連れてロンドンの家に引き移ってきた。話によると、稼ぎの悪い夫と喧嘩が絶えず、意を決して離婚をしたのだという。家を売却しなかったのは、遠くない未来にそうなる日が来ることを娘は予感していたのではないか、と近所の者たちは言いはやした。

一時期はいかにも幽霊屋敷といった閑寂とした雰囲気に包まれていたが、幼い子どもたちが出入りする活気のある家となり、今では老人の幽霊を目撃する者はいなくなったという。

五十五　デイパックの男

三年ほど前、スペインのマドリードで金融関係の会社に勤めるアルベルトさんは、列車の乗り換えのため、地下鉄トリブナル駅のホームに立っていた。

まもなく列車が来ます、という放送が流れたとき、突然、何者かによって線路のほうに強く躯を押された。

とっさに足を踏ん張って堪え、振り返ると大きなデイパックを背負った若者が立っている。周囲にはその男しかいない。

「おい君、なにをするんだ！」

そう大きな声で怒鳴ると、若者はにこりと口角を上げた。そしていかにも可笑しいといったふうに腹を抱えて、げらげらと嗤い始めた。

「き、貴様ッ」

するとその瞬間、若者は走りながら線路上に大きくジャンプした。と、同時に列車がホームに入ってくる。タイミングからしたらまともに轢かれたはずだが、皆なにごともなかったかのように列車に乗り込み、発車した。

アルベルトさんもその列車に乗る予定だったが、一本見合わせることにし、列車の去った後に線路のうえを覗いてみたが、ひとが轢かれたような痕跡はどこにもなかったという。

五十六　漏れてくる声

二十年ほど前、当時大学生だったUさんは学生寮に住んでいたそうだが、異性を部屋に入れてはいけない規則があったという。

しかし、ある男子学生の部屋から毎晩のように同世代の女性の声が聞こえてくるので、昼間さりげなくその部屋の学生に尋ねてみると、笑いながらそんなことはしていないと答えた。

テレビですかね、と学生は言ったが、毎晩同じ声で、聞こえ方がどう考えてもスピーカーから出ている音とは思えなかった。

自分をはじめ皆ルールを守っているというのに、もし女性を連れ込んでいるのなら腹立たしいことこのうえない。

それである晩、女性の声が聞こえてきたタイミングで部屋の扉をノックしたが、返答がない。まだ寝るような時間ではないし、声は聞こえ続けている。それにいつもよりも声のトーンが大きいので、寮長を呼んでたしかめてもらうことにした。

寮長は扉に耳を当てながら「たしかに声がするな」と言い、数度強くノックしたが、向こうから開ける気配がない。

仕方ないな、と合鍵でドアを開けるのと同時に、その声は突然止んだ。

部屋に踏み込んでもテレビは点いていない。音の出るようなものも見当たらなかった。

一瞬、留守なのかと思ったが、自分たち以外の者が部屋の中にいる気配を濃密に感じた。

名前を呼びながら奥に入っていくと、開けっぱなしになったクローゼットの前でUさんは悲鳴を上げた。

部屋の主が、就職活動用のネクタイを首に巻いて縊《くび》れていたからである。

捻じれたように舌が飛び出たその顔を、Uさんは今でも忘れられないそうである。

五十七　犬を連れた女

五年前の夏、ロンドンの中央部にあるセント・ジェームズ・パークの脇道ホース・ガード・ロードを車で走っていたダニエルさんは、歩道にいる犬を連れた女性が、突然車道を渡ろうとするので、慌ててブレーキを踏んだ。

「おい、車道だぞ！　危ないだろッ」

そう大きな声で怒鳴《どな》ったが、聞こえていないふりをしているのか、女性は一顧だにせず、すたすたと歩いていってしまう。

真夏だというのに、グレーの厚ぼったいコートを身に着けているが、よく見ると女性の肩から上がない。そんなはずが、とリードの先を見ると、犬の頭も同じようになかったという。

五十八　チェーベローズの香り

ロンドンに住む大学生のエリックさんの叔母は、一昨年に乳がんを患って他界されたそうだ。

叔母は身だしなみに気を使うひとで、いつも会うたびに眼を惹く格好をしていた。といっても奇抜なわけではなく、変わったデザインの洋服を品良く着こなしていたという。

その叔母が突然亡くなってしまったので、叔父から叔母の洋服の処分をエリックさんは頼まれた。

叔母は衣装持ちだったため、部屋を丸々ひとつクローゼットに当てていたのだが、家もそれほど広くないので、すべて売るなり捨てるなり好きにしていいとのことだった。

数年前に叔父は腰の病気を患っており、また叔父夫婦には子どもがなかったため、甥っ子のエリックさんに白羽の矢が立ったのである。

大学の友人がカムデン・タウンの古着店でアルバイトをしているので、そこの店に処分をお願いすることにした。

キルバーンに住む叔父の家に行き、洋服を選別するため叔母がクローゼットにしていた部屋に入ると、生前叔母のつけていた香水の匂いが濃密に漂っている。まるでまだ生きてそこにいるかのようだった。

エリックさんはこの匂いが好きだった。

フローラル系だがそこまで甘ったるくなく、エキゾチックで肉感的なものを想起させる官能的な香り。

実の叔母にそういう——性的な想いを抱いたわけではないが、あまりに芳しい匂いなので、なんという香水なのか尋ねたことがあった。

銘柄はよくわからなかったが、

「これはチェーベローズの香りよ。その昔、チェーベローズ畑を横切った見知らぬ男女は我を忘れて愛し合ってしまう、そんな逸話も残っているくらいなの。ネ、いい匂いでしょう?」

そうだった。チェーベローズの香りだ。

これほど良い匂いなのに、街中で嗅いだことがないのが不思議だった。大学の女友達はあまり香水をつけないし、知人の年上女性たちもこのような匂いをさせている者はいなかった。

値のつきそうな洋服を袋に詰めて叔父の家を出る。

車で向かう途中も袋の口からチェーベローズの匂いが漂ってきて、助手席に叔母が座っているような錯覚に陥った。

古着店で洋服を取り出すと、五十年配の店主が品定めをしていく。二十点ほどだったが、買い取り価格は五百ポンド（約七万円）にもなった。

「いやあ、いいものばかりで吃驚したよ。これなんか一昨年のグッチじゃないか。高く売れるよ。まだあるなら持ってきてくれないか」

店主はそう言って嬉しそうに笑った。

売るなり捨てるなり好きにしていいとは言われたものの、思わぬ金額になったので、正直に叔父に告げて売った金をそのまま渡そうとエリックさんは思った。

自宅に帰って、ベッドで横になっているときだった。

突然、ぷんと鼻先にチェーベローズの匂いを感じた。それもほんの少し香る程度ではなく、同じベッドのすぐ横で叔母が寝ているかのように濃密な匂いだった。

なんだ、これは……。

と、そう思ったとき、ベッドのすぐ脇が、まるで誰かが寝返りを打つように沈み込んだ。

すると今度は、デスクのうえのペンがひとりでにくるくると回転し始める。部屋の照明が二度三度、点滅した。

叔母がいる——そう直感した。

間違いなく、ここに叔母が来ている。

怖いとは感じなかったが、本当に叔母は死んでしまったのだ、と今更ながらそんな想いに駆られ、とたん、涙が溢れ出た。

すると少年の頃の記憶にある叔母の、あの華奢な掌で、頭を優しく撫でてくれているのをエリックさんは感じた。そのまま夜更け近くまでベッドに腰掛けながら泣いていたという。

翌日、再び叔父の家を訪れ、売った金を渡そうとすると、手間賃だから取っておきなさいと言われた。そればかりでなく、まだ残っている大量の洋服も好きに処分してくれとのことだった。

いつまでも洋服があると思い出してしまって辛いのだ、と叔父は涙ぐみながらエリックさんの肩を強く抱いた。

クローゼットのどこかにチェーベローズの香水があるのではないかと思い探してみたが、見つからなかった。残っていた洋服はひとつひとつ丁寧に畳み、何袋かに分けて車に詰め込んだ。

しかし、エリックさんは洋服を古着店には持っていかなかった。

自分の部屋のクローゼットと買ってきたパイプハンガーに一点一点、掛け吊るしたのだという。

叔母がいつでも着られるように、とのことである。

五十九　レシート

六年前、主婦のＦ子さんがいきつけにしているスーパーマーケットで買い物をしたとき、レジに顔見知りの同年輩の女性がいたので、こんにちは、と声を掛けたが、いつものような愛想がない。押し黙ったまま事務的に会計をするので、どうしたのだろうと思いながら帰宅した。

就寝前に家計簿をつけようと財布からレシートを出して広げた瞬間、思わず釘づけになった。

「今日わたし死にます。」

印字された裏側に筆ペンのようなもので、丁寧な文字でそう書かれている。

会計の際にこんなことを書いている時間はなかったはずだ。レシートのロール紙にあらかじめ書いておいたとでもいうのだろうか。一パート従業員にそんな手間の掛かることができるとは思えないし、書かれていた内容が仮に事実だとしても、なぜ自分にそのようなことを伝えてくるのか。顔見知りではあるが、店内で挨拶を交わす程度で、それほど親しいわけではないのだ。

いずれにしても気味が悪くて仕方がなかった。

その翌日。

昼間は用事があったので、夕方になって件のスーパーマーケットへ赴くと、昨日の女性の姿は見えなかった。

どうしようかと悩んだが、男性の店長が通り掛かったのでレシートを見せて説明すると、にわかに愕いた顔をした。

あのちょっといいですか――、そう言って裏の事務所に通された。

女性はその日の早朝、自宅で首を吊って死んでいるのを発見されたという。遺書はなく、理由はよくわからないとのことだった。

「知りたいような幽霊の話ではないかもしれませんけど、そんなことが前に一度だけありました」

そうF子さんは最後に言った。

六十　アタッシュケース

アパレルメーカーに勤めるOさんは、旅先の骨董品店で古い革のアタッシュケースを買い求めたという。

店主によれば昭和四十年代後半に作られた日本製のものとのことで、丁寧に手入れをされていたのか、いい風合いに年季が入っていたそうである。

すると、それを買った日から厭な夢を見るようになった。しかし目覚めると、夢の内容を覚えていない。唯一うっすら感覚的に残っているのは、生きながら焼却炉に突っ込まれるような恐怖感だった。

また別のある晩、同じように悪夢にうなされて目覚めると、部屋の片隅に置いたアタッシュケースが、かたかたと音を鳴らしながら揺れている。まるで中に動物かなにかが入っているかのようだった。すぐに部屋の灯りを点けて、バッグを開けてみたが、仕事の書類しか入っていない。

これはやはりアタッシュケースになにか因縁があるのではないかと思い、すぐにでも手放すことにした。買った店に持っていくには遠いので、その場でスマートフォンを使って写真を撮り、ネットオークションに一円から出品したところ、最終的に買った金額の一割の千五百円にしかならなかった。

発送後は厭な夢を見ることもなくなったが、落札者からはだいぶ遅れて受け取りの通知だけが来たという。

六十一　昏い森

ロンドンの玄関口、パディントン地区に住む女性エルマさんの話である。

エルマさんは犬が好きで、雌のコーギーを一匹飼っているそうだ。普段は家の周辺で散歩を済ませているが、時折、ハイドパークなどの大きな公園に連れていくこともあるという。

五年前の初夏のある日、ロンドンの東郊外にあるエッピング・フォレストにピクニックも兼ねて家族全員で行くことになった。もちろん犬を連れてである。

この森は紀元前からある原生林で、鉄器時代から人々が住むようになり、その後は王族の狩猟場として長く使われてきたのだそうだ。現在でもクイーン・エリザベス・ハンティング・ロッジと呼ばれるチューダー様式の狩猟小屋が残っており、今は博物館として利用されているという。

いつも行く都会の中の公園とは違うのか、犬は尻尾を振って喜んでいる。エルマさんの子どもたち——双子の姉弟も、着くなり追いかけっこをして愉しんでいるようだった。

辺りを見回すと、ジョギングをする者やマウンテンバイクに乗る人々も多くいて、この場所がロンドナーたちにとっての憩いの場であることがわかる。

エルマさんは展けた適当な場所にブランケットを敷いて、作ってきたサンドイッチを夫と頬ばった。

「ほら、あなたたちも食べなさい。美味しいわよ」

そう言っても聞こえていないようで、子どもたちは遊ぶことに夢中になっている。

見えないところに行ってしばらく帰ってこないので、エルマさんは立ち上がって、大きな声で子どもたちの名前を呼んだ。

するとようやく、はーい、と言って帰ってきたが、ふたりとも全身が泥まみれになっている。

「あら、あなたたちなにをしていたの。こんなに汚しちゃって」

すると子どもたちは、面白かったね、と言い、姉のほうが後ろの木立のほうを指差しながら、

「うん、あの子たちと遊んでいたの。女の子と男の子」

「遊んでいたって、なにをしたらこんなふうになるのよ。まったくもう」

そう言いながら指を差していたほうを見たが、子どもなどいない。

「誰もいないじゃないの。また適当なことを言って――」

すると、今度は弟のほうが、

「本当だよ、ママ。あの子たちがボクらに泥団子をぶつけてきたんだ。でも痛くなんかないさ。ボクらも追いかけてやりかえしたんだから」

「なにそれ喧嘩じゃないの。駄目よ、そんなことしたら」

喧嘩じゃないよ、と弟は呟き、後ろに振り返って手を振りながら、「バイバイ《さよなら》」といった。

まるで誰かいるかのように言うので、エルマさんは夫と眼を合わせた。夫も不思議そうに首を傾げている。

とそのとき、寝そべっていたコーギーがむくりと起き上がり、後ろの木立のほうに向かって吠えた。普段はいたっておとなしい犬だが、ひどく怯えた様子で啼くので、それを見てエルマさんは少し落ち着かない気持ちになった。

数日後、その日の出来事を職場の同僚に話すと、なにか思案気にしている。

いったいどうしたのよ、と尋ねると、ええ、と言って、次のような話を始めた。


一九七〇年三月、エンフィールドに住む十一歳の男の子と女の子が行方不明になる事件が起きた。六百人もの警察官が捜索に当たったが、一向に見つからない。

それから三ヶ月近く経った六月のある日、エッピング・フォレストの森の中でふたりの腐乱死体が見つかった。お互いの腰に手を当てて、寄り添うように横たわっていたという。

死因の特定は困難を極めたが、女の子のほうが下着を穿いていなかったため、犯人は小児性愛者であると目星がつけられた。しかし、それ以外の手がかりがないため、犯人が検挙されることはなかった。

ところが事件から二十六年経った一九九六年のこと、あるひとりの囚人が、二十六年前に起きたエッピング・フォレストの殺人事件の真犯人は、他の事件で死刑囚として捕らえられているAという男である、と告げ口をし、その後、死刑囚Aが犯行を認めたため、二度目の終身刑を言い渡されたという。

「女の子と男の子って言ったでしょう。なにかこの事件のことを思い出しちゃって。十一歳といえば、あなたの双子ちゃんもちょうど同じくらいじゃない？」

たしかにそうだ。子どもたちは先月に十一歳になったばかりだった。

事件のことをこれまでテレビやなにかで聞いたことはあったが、詳しいことは知らなかった。

すぐにインターネットで検索して、被害者の子どもたちの顔を見てみた。

屈託のない笑顔で写る姿は、たしかに自分の子どもと同じ年頃である。とたん、わが子の姿と重なり、涙が溢れて止まらなくなった。

「家に帰って子どもたちに写真を見せてみたんです。そしたら――」

ママ、どうしてあの子たちの写真を持ってるの？

そう言われたという。

六十二　指示をする男

このエッピングの森に関して、別のこんな話もある。

十八年ほど前の初秋のこと。

ロシア系イギリス人のナボコフさんが、ある日エッピング・フォレストを散策していると、木立の中からピーッ、と口笛のようなものが聞こえた。

すぐにそのほうを見ると、木陰からひとりの男が現れた。見るからに古臭いデザインの背広を着ているが、誂《あつら》えはよさそうだった。

つい今までその辺で寝ていたのか、躯中に枯れ草が付着している。背が低いので純粋なイギリス人ではないのかな、とナボコフさんは思った。

男はにやにやと嗤いながら近づいてきて、

「あの繁みさ。あのヒイラギの木の下を掘ってみるがいい」

強いコックニー訛りだった。お世辞にも品は良さそうではない。どちらかといえば、柄の悪そうな感じである。その開いた口元を見ると、大きな金冠がうえの前歯に嵌っていて、他の歯は何本も欠けていた。

突然なにを言うのかと、

「どうして僕が掘らないといけないんですか」

そう答えると、

「いいものが埋まっているのさ。ああ、とてもいいものがな」

なんだかよくわからないまま、ふたりでヒイラギの木のほうに向かった。

男は少し太めの枯れ枝を拾って、

「これで掘ってみろ」

そういって、ナボコフさんに手渡した。

足で枯葉を払うと、枝を地面に突き立てて掘り始めた。時折、隣にしゃがんだ男に顔を向けると、真剣な眼差しで地面を見つめている。しかし、疲れるだけでなにも出てこない。

「いくら掘ってもなにもないですよ。いいものって、いったいなんなんですか」

そう言って横を見ると、いつのまにか男の姿が消えている。とっさに周囲を見回したが、やはりどこにも見当たらなかった。

——ったく、なんなんだよ。

と、そう思ったとき、枝の先になにかが当たった。

さらに掘り進めてみると、ウールかなにかのボロ布だった。布に付いた土を手で払い、少し引っ張ってみると、音も立てずに破れる。すると、布の中になにやら白っぽいものが見えた。

人間の骨のようだった。

あまりのことに、ナボコフさんは腰が抜けたようになった。なかば這いつくばりながらもなんとか繁みの外へ出ると、携帯電話で警察に通報した。

しばらくして警察車両が何台も来て、ナボコフさんも事情聴取を受けたが、見知らぬ男に指示されたところを掘っただけだ、としか答えることができなかった。

後で警察から聞いた話によると、死体は成人男性で、一九六〇年代から七〇年代に掛けて埋められたものであることがわかったという。死因は不明だが、おそらくは他殺だろうとのことだった。

またその時代、ロンドンのイーストエンドには悪名高いマフィアが存在し、エッピングの森は、そんな彼らにとって一番都合のよい死体の隠し場所だったという。当時はごろごろと殺害された死体が出てきたものだ、と警察から教えられたそうだ。

ナボコフさんが見つけた遺骸の頭蓋骨の歯の部分には、大きな金冠が嵌っていたことも会話の中でさりげなく告げられたそうである。

六十三　開かずの金庫

Dさんの父親の実家は、甲信越地方のある町の大地主だったそうである。

明治時代に建てられたという広壮な屋敷の裏には蔵があり、その中に古い開かなくなってしまった金庫があるのだという。

そのことはすっかり父親も忘れていたらしいが、開かずの金庫を開けるテレビ番組を観たことで、子どもの頃に蔵の中で目撃したことを思い出し、どうにかうちにある金庫も開けられないものだろうかと息子であるDさんに相談してきたというのだった。

「だったら番組に応募すればいいじゃないか」

すると父親は、

「なにも入ってなかったら格好悪いだろう。お茶の間の笑い物になるのはごめんだ」

そう言って聞かない。

仕方なくインターネットで古い金庫を開けられそうな業者を調べ、比較的実家に近いところに出張を依頼したそうである。

蔵の中の金庫を開ける日はDさんも駆けつけて立ち会ったが、一時間ほどの作業の後、無事に解錠することができた。

Dさんと父親は期待を胸に扉を開けてみると、古いなにかの台帳ばかりで現金のようなものは見当たらなかった。

「テレビ番組じゃなくてよかったな」

そう言って父親は笑っていたが、やはり残念に思ったようで少し元気がなかった。

「大判小判なんて入っているわけないだろう。ドラマじゃあるまいし」

Dさんがそう口にしたとき、開け放していた蔵の二重の扉がひとりでに閉まった。

外側の観音扉はかなり重たいうえに、その内側の引き戸の扉も開閉するのにかなり力がいるので、勝手に閉まるはずがない。

一瞬、母親が外から閉めたのかと思ったが、女ひとりの力で、しかもあのように瞬時に閉められるわけがないし、第一、今は外出しているはずだった。

にわかに蔵の中が暗くなる。とたん、背筋に悪感が走った。

それはDさんだけではなく、父親と業者の男性も同じだったようで、三人とも不安そうに顔を見合わせた。業者の男性はそそくさと帰り支度を始めたが、料金を受け取るのも忘れているかのようだった。慌てて礼を述べ、封筒に入れた金を渡すと、挨拶もそこそこに逃げるように帰っていった。

その後、今一度金庫の中を調べてみたところ、一番下の棚に白い珊瑚《さんご》の欠片《かけら》のようなものが四つほど裸のまま転がっていた。

それを手に取ってみると、ぽつぽつと無数の細かい穴が開いている。やはり珊瑚かと思い、父親のほうを見やった瞬間、それの正体がわかり、慌てて元の場所に戻した。

違う棚を漁っていた父親が、由縁のわからぬ位牌を手にしていたからである。

六十四　姿見

三十年ほど前、M子さんが短大入学のために上京し、ひとり暮らしを始めたところ、部屋に姿見がないことに気づいた。

年頃でもあり、すぐにでも欲しかったが、新品だと高いので、近所の古道具屋で眼についた、少し凝った作りのものを買って帰ったという。

しばらく経った頃、外出しようと思って姿見を見ていると、自分でない者が映っている。いや、よく見れば自分なのだが、どこかそこはかとない違和感を覚えた。

気のせいだろうと思ったが、やはりなにか自分ではない気がする。顔の感じもスタイルも違うのではないか。

しかも、どこかで見覚えのある顔である。これは誰だったろうと考えているうちに、有名歌手のT美ではないかという気がしてきた。

芸能人に自分が似ているなどとはおこがましい話だが、見れば見るほどそうだとしか思えない。もっとも、寸分違わず同じなわけではなかった。T美の面影がM子さんの顔のうえに薄く乗っかっている感じなのである
気味が悪くなったので、姿見にカバーを被せると逃げるように家を飛び出した。

学校でその話をすると、友達が愕きながら、

「えッ、T美って最近自殺したんでしょう？　それってたんなる偶然なのかな」

そう言ったが、M子さんはテレビを殆ど観ないため世事に疎く、T美が自殺したことも知らなかったそうだ。

「後で調べたら、そのT美さんは私のアパートのすぐ近くのマンションに住んでいたみたいでね。それで、もしやと思って、古道具屋さんに私の買った姿見は誰が売ったのかと訊いてみたんだけど、にやにや笑っているばかりで最後まで教えてくれなかったわ」

そのことがあってから姿見を置いておくのも気味が悪く、別の友人にただであげてしまったが、特になにも言ってくることはなかったという。

若いときにそんなことがあったねぇ、——そうM子さんは語った。

六十五　うなぎ

イギリスの東部、ケンブリッジに住む六十代の男性ハドソンさんは、何十年も前から度々同じ夢を見るという。

夢というものは、一旦起きてしまうと内容を覚えていないものだが、なぜかその夢にかぎっては、眼が覚めた後も明瞭に思い出すことができるそうだ。

どんな夢かといえば——。

ハドソンさんは池のほとりに立っている。

自分が何歳なのかわからないが、見えている手足や躯、洋服の様子からすると、まだ年端もいかない少年のようだった。

どこのなんという池なのか、どうしてこんなところに佇んでいるのかもわからない。

辺りは深緑に包まれているので、どこか森の中ではあるらしかった。

すると、いつのまにか四十代後半から五十代ほどの中年の男がすぐ横にいて、水面に向かって釣竿を垂らしている。しばらくしてなにか掛かったらしく、男は懸命に竿を引いた。

十分ほど格闘し、釣り上げたのは、これまで眼にしたことがないほどの大きなうなぎだった。

男は息を切らしながら、ハドソンさんに向かってにこやかに微笑んでいる。まだそれほどの年齢でもないのに歯が殆どなく、残ったそれも茶色く汚れていた。

「見てみろ。ここのうなぎは丸々太っているのさ。なにせよ、これが餌だからな」

そう言って指差した水面を覗きこむと、モスグリーンに濁った先に、ひとの、それも女性の髪の毛のようなものが、ゆらゆらと揺らめいていた。

――と、そこでいつもハドソンさんは目覚めるのである。

つまりは、人間の死体を餌にしたうなぎを釣る男の夢なのだが、そのような夢を見る理由がまったくもって不明だった。現実にそのような体験をしたこともない。

ところが七年ほど前、コーンウォール地方に住む三十年来の友人に逢いに行った際、パブでのなにげない会話の中でこの夢の話をしたところ、急に眼を瞠《みは》って、

「おいおい、君ちょっと待ってくれよ。その話、聞いたことがあるぞ。いったい、どこでだったか――」

友人は愕いた表情でそう言ったが、これまで夢のことは誰にも話したことがなかったので、以前ハドソンさんがしゃべって知っているというわけではなさそうだった。

友人はしばらく考えこんでいたが、ああそうだ、と手を打ちながら、

「祖父さんから聞かされたんだ。うん、たしかにそうだった。それも祖父さんの体験では

なく、祖父さんの父親――つまり曾祖父さんの身に起きた出来事として話してくれたんだよ」

それによると、友人の曾祖父がまだ少年の頃、なにかの用事の帰りにうなぎ沼のほとりに差し掛かったところ、見たことのない五十がらみの中年の男が、水面に向かって釣り糸を垂らしている。

――とそのとき、鋭い当たりがあり、竿が大きくしなった。

思わずその場に立ち尽くして見守っていると、十分ほど格闘し、釣り上げたのは四フィート（約百二十センチ）ほどありそうな巨大なうなぎだった。

男は嗤いながらそばで見ていた友人の曾祖父に、

「ほらボウズ、見てみな。ここのうなぎは丸々と太っているのさ。なんせ、これが餌だからな」

そう言って男が指差した先を見ると、水面に顔をつけたまま力なく浮かんだ女と思しき水死体だった。

「この若い女は先週行方不明になったが、なるほど、ここに入水していやがったか」

歯が殆ど抜けた口をぱっくりと開けて、男は嗤ったという。

――が、この話には続きがあるそうだ。

その後も数回ほど男の姿を沼で見かけたが、ある日を境に見かけなくなった。
二、三週間ほど経った頃、また例の沼に差し掛かると、ひとがたくさん集まってなにやら騒がしい。
なんだろうと近づいてみると、人間の水死体らしきものが水面に浮かんでいた。洋服は今にも引きちぎれそうに膨らんでいるが、仔細に見ると、どうやらあのときの釣りをしていた男のようだった。

群衆の中のひとりが、長い棒を持ってきてひっくり返したところ、顔立ちもなにも判別できないほどうなぎに食い散らされていて、骨に頭髪だけが付いている状態だったとのこと。

友人の曾祖父の体験と自分が何十年にも亘って見てきた夢の相関関係は不明なままだが、調べてみたところでわかりようがないと、ハドソンさんは語る。

六十六　旧友の母親

イギリス第二の都市バーミンガムに住む男性エドガーさんの話である。

七年ほど前のある日、エドガーさんの夢の中にプライマリー・スクール（小学校に相当）時代の友人が出てきた。

昔は毎日のように一緒に遊んだものだが、卒業して以降、長らく会っていない。そんな友人の夢をなぜ見たのだろうと不思議に思い、当時の同級生でまだ連絡を取り合っている者に夢に出てきた友人の名前を言って、今どうしているか知らないかと尋ねてみた。

「ああ、彼か。俺もわからないな。でも住所なら知っているよ」

そう言うので訊いてみると、意外にもエドガーさんの職場のすぐ近くだった。

考えてみれば、子どもの頃、自宅に招かれたことがあった気がする。たしか水色の玄関扉が印象的な家だった。それも一度や二度ではなく、何度も遊びに行ったのではなかったか。

すっかり忘れていたというのに、今頃になって突然夢に出てきたことが意味不明だが、なにか気になって仕方がないので、思い切ってエドガーさんは友人の家を訪ねてみることにした。

仕事が早く終わった日の午後、教えてもらった住所と記憶を頼りに友人の家を探してみると、思いのほかすぐに見つかった。

玄関の扉は昔のままの水色だった。

何十年も経っているのに古びた様子が見られないが、他の多くの家と同様にペンキを塗り直しているのに違いなかった。

チャイムを鳴らすと、しばらくして友人の母親が出てきたが、エドガーさんが名前も名乗らないうちに、

「あら、エド君じゃない。ずいぶんお久しぶりねぇ。あなたは元気だったのかしら？」

そう言うので吃驚してしまった。特に童顔なわけではないし、同級生の中では、どちらかといえば変貌を遂げているほうだったからだ。

対して友人の母親は、ほんの少し年嵩を増した感じはあったが、記憶にあるそれと殆ど変わらなかった。せいぜいあの頃から五年ほどしか経っていないように見える。

「実は仕事でこの近くに来たので、懐かしさのあまりお訪ねした次第です。急なことで申し訳ありません。それにしても、僕のことがよくわかりましたね」

すると、

「あなた全然変わっていないもの」

そう母親が言うので、エドガーさんは返答に窮してしまった。

ややあって、

「彼は元気ですか。もう長いこと会っていないし、このお宅以外、連絡先もなにも知らないものですから――」

そう話しているさなか、

「あの子は死にましたよ」

無表情で母親が呟いた。

思わぬ言葉に愕いていると、母親は何事もなかったかのように扉を閉め、がちゃりと鍵を掛けると家の中に入ってしまった。

なにか怒らせてしまったのか。

そのようなことを言ったつもりはないが、自分が訪問したことで息子のことを思い出させてしまったのかもしれない。友人が亡くなっていたとは思ってもみなかったが、余計なことをしてしまったとエドガーさんは強い後悔の念に駆られた。

それから一年ほど経った頃のこと。

出張でロンドンに行ったとき、ユーストン駅の近くを歩いていると、背後から自分の名前をしきりに呼ぶ声がする。

なにごとかと振り返ると、一瞬誰なのかわからなかったが、よく見れば、一年前、夢に出てきたあの友人だった。しかし、彼の母親いわく、死んだはずである。

「お、おまえ――」

そう言いながら表情が固まったままのエドガーさんに向かって、友人は微笑みながら近づいてくる。

「やっぱり君か。似ているなとは思ったが、昔はそんなふうに無精ひげはなかったし、他人の空似かとも思ったんだけれど、歩き方や細かな所作を見てエドだと確信したよ」

そう語る友人はどう見ても幽霊などではない。実体を持った、生きた人間である。

思わず友人の二の腕を掴んで軽く揺すってみると、

「おいおい、なんだよ」

友人はそう言いながら笑っている。どう考えても死んでなどいない。ではあの日、友人の母親が言った言葉はなんだったのか。

友人は近くのパブを指差しながら、

「ちょっと時間はあるかい？　積もる話でもしようじゃないか」

そう言うと、返答を待たず、つかつかと歩いていってしまった。

まだ昼間なのでハーフパイントのラガービールを注文し、再会を祝した後、交互にこれまで歩んできた人生について話すことになった。

エドガーさんがひとしきり語り終えた後、友人の番になった。

プライマリー・スクール卒業後の進学先でのこと、就職した会社での出来事、恋人の話、最近したという結婚のこと、それらを楽しそうに友人は話した。充実した人生を歩んでいるようでエドガーさんは安心した。

「君のご両親は健在かい？　うちはさ、親父は耄碌《もうろく》しているなりに元気なんだが、母がいけなかった。もうかれこれ十五年ほど経つが、ガンでね、死んでしまったんだ。まだ五十代になったばかりだったよ。君もうちの母には何度か会ったことがあるよね」

その友人の発言にエドガーさんは言葉を失った。

なにを言っているのか。友人の母親には昨年家を訪ねた際に会っている。僅かな時間だが、会話も交わしたのだ。

そういえば、友人を夢に見たことや実家を訪問したことを言ってなかったと、エドガーさんは昨年の出来事を詳らかに話してみた。

それを友人は黙って聞いていたが、家を訪ねたときに母親が出てきたことを告げたとたん、パブの店内に響き渡るような大きな声で絶叫したかと思うと、子どものように、おいおいと泣き始めてしまった。

「あの子は死にました」という母親の言葉を告げることはなんとなく躊躇《ためら》われ、結局言うことは出来なかったという。

その友人とは再びそれっきりだそうである。

六十七　クラブの男

フランス人のイボンヌさんは独身の頃、ロンドンのブリクストン周辺のクラブによく入り浸っていたという。テクノミュージック全盛期で、そういった曲が掛かる店に毎晩のように出掛けていたそうだ。

ある秋口の夜、クラブ仲間のドイツ人女性が新しい店を見つけたというので、ふたりで行くことにした。

すでに話題になっていたようで、店に入ると頭髪を青やピンクに染めて奇抜なファッションに身を包んだ若者たちが多く集っていた。

凄まじい音の渦のなかを、ふたりはなにかに憑かれたように踊った。周りもリズムに乗りながら一心不乱に躯を動かしている。

その日は有名なＤＪが回しているらしく、選曲も申し分なかった。

一時間ほど踊った後、少し休憩しようとバーカウンターに行き、炭酸水を注文して飲んでいると、一緒に来ていた友人が見知らぬ男と喋っている。親密そうに顔を近づけて話しているので、知人だろうかと思ったが、その刹那、ふたりが濃厚な口づけを始めたので、思わず眼を瞠った。

なぜなら友人はレズビアンだったからである。男に無理矢理されているのかとも考えたが、様子を見るかぎりそういう感じではない。もっとも、自分には告げていなかっただけで、バイセクシャルなのかもしれなかった。

――やれやれ。よほどいい男なのかしら。

帰りはひとりになることを予感しながら、再び踊りの輪のなかに入って躯を揺らした。

そろそろ帰ろうと二時間ほど姿を見かけなかった友人を探すと、隅のほうの壁にもたれて座り込んでいる。酔いつぶれて男にも逃げられたのかと、すぐに近づいて肩を揺すると、はっと我に返ったようになって、

「えっ、わたしどうしちゃったんだろう」

「どうしたって、お酒飲み過ぎたんでしょう」

すると、お酒なんて一滴も飲んでいない、という。顔を見ると、たしかに酔っている感じもないし酒のにおいもしなかった。

「でも男の人とキスしてたよね？　いい雰囲気だったから声は掛けなかったけど」

そう告げると、

「えっ、なんのこと？　わたし今メンスであまり激しく踊れないから休んでいたの。そうしたらなんか頭がぼうっとしてきて。貧血かなって、思ってたんだけど」

嘘をついている感じではなかった。では、あの男はいったいなんだったのか。

暗さのせいで誰かと見間違えたのかとも考えたが、あのとき周囲にブロンドのショートヘアは彼女しかいなかったし、友人と同じ左の二の腕に鷲《アドラー》のタトゥーを入れているのを見たので、錯覚や人違いとはとても思えなかった。

よくわからないが、とにかく店を出ようと肩を抱いて立ち上がらせた。

階段を上って、外に出たときだった。

入り口に掲げられた灯りに照らされた瞬間、イボンヌさんは短い叫び声を上げていた。

友人の背中に掌サイズほどの大蜘蛛が四肢を広げて張りついていたからである。

すぐに持っていたバッグで叩き落とすと、かさかさ、かさかさっ、ともの凄い俊敏さで蜘蛛は物陰に隠れてしまった。

ふたりはその場から走って逃げたという。

その後ほどなくして、友人はドイツに帰国し、しばらく電話で連絡を取り合っていたが、半年ほど経った頃、急性白血病になったと告げられた。

一年半ほど闘病生活を続けたが、結局亡くなってしまったそうである。

「あの晩の出来事が友人の死に関係しているとは思えませんが、なにか忘れられなくて」

そうイボンヌさんは語った。

六十八　群衆

ミュージシャンのノーマンさんの話である。

三年ほど前、ロンドンの中心部にあるソーホーのチャイナタウンで食事をした後、オックスフォード・ストリートのセルフリッジズ・デパートに向けて、ぶらぶらとひとりで歩いていたときのことだった。

グリーク・ストリートに差し掛かったとき、急に辺りが薄暗くなったかと思うと、頬と腕にぱらぱらと冷たいものが当たった。なんだろうと空を見上げると、重く雨雲が立ち込めている。つい今しがたまで一面の青空が広がっていたはずなので、いつのまに天気が崩れたのだろうとノーマンさんは愕いた。

すると、前方のソーホー・スクエアにたくさんのひとが集まっているのが眼に映った。フェンス越しに見ると、優に百人はいるかと思われる。その殆どが腰の曲がった老人だったが、中にちらほらと若い女性や小さな子どもの姿も見受けられた。

初夏だというのに皆ウールの外套のようなものを羽織っており、そのことに妙な違和感を覚えた。それに着ているものが黒や鼠色といった暗色ばかりで、いかにも野暮ったく、古めかしい印象を受けた。

――映画かドラマの撮影でもしているんだろう。

洋服の感じからすると、五十年以上前の設定なのかな、とノーマンさんは思った。

そのとき、仕事の関係先からスマートフォンに着信があったので、立ち止まって電話に出た。用件は簡単な確認だったので、フェンスにもたれながら答え、電話を切って再び歩き出そうとしたところ、先ほどまでスクエアの中にいたひとたちがいない。芝生のうえで談笑する今どきの若者たちが数人いるだけだった。

電話に出てから切るまで三十秒も経っていない。その時間であれだけの人数をこの場から移動させるなど不可能なことに違いなかった。

いったい、彼らはどこへ消えてしまったのか。ノーマンさんは首を捻るばかりだった。

「芝生に寝そべる若者たちを見て、不思議に思って空を見上げたら、雲ひとつない晴天だったんだよ。どんより曇って雨が降り始めていたはずなのに」

第二次世界大戦時、大英帝国の中でも特にロンドンはナチス・ドイツにより度重なる攻撃を受け、四万三千人以上が亡くなったという。ソーホーの辺りも爆弾が何発も落ちたとのことで、

「あれはそういったものだったのかもしれないね――」

眉間に皺を寄せながらノーマンさんはそう語った。

六十九　むねんばら

ある城下町に住むRさんによると、地域のシンボルでもある戦国時代に建てられた城の前庭は、現在整備されて公園になっているそうだが、そこのトイレで数年おきに自殺する者がいるという。

断崖絶壁や滝といった有名な観光地は自殺の名所であることも多いが、それにしてもなぜこんな場所で、とRさんは不思議に思わずにはいられなかった。

五年ほど前の冬のある夜、Rさんの友人は忘年会の帰りに城の近くを通った際、ふと尿意を覚え、公園のトイレに駆け込んだ。

便器に向かって用を足していると、

「あァあ〜あッ、あ〜、むねんっ、ばら〜」

まるで長唄のような、妙な節回しを付けた言葉が、背後の個室トイレから聞こえてきたので、無人と思っていた友人は吃驚して、手も洗わずにトイレから飛び出たそうだが、翌朝、その個室から男の自殺体が見つかったそうである。

七十　夫婦喧嘩

Ａさんは幼い頃、両親が激しい口論をするのを頻繁に目撃したが、そのとき決まって、父と母それぞれの頭のうえに青い顔と赤い顔が見え、それらも憤怒の表情で睨み合っていたという。

そのどちらも知らない顔だったが、まだ幼かった彼はそういうものだと思っていたそうだ。ちなみにＡさんの両親は、彼が五歳のときに離婚したとのこと。

その後、長らく色のついた顔を見ることはなかったが、つい先ごろ、結婚してまだ二年と経たない妻とつまらぬことから言い合いになった際、妻の頭上にあの赤い顔が見えたので、すぐに自分から折れて謝ったところ、たちどころに消え去ったという。

自分の頭のうえに青い顔があったかどうかはわかりません、とＡさんは語る。

七十一　不本意

湯灌師のN子さんが同僚の女性とふたりで自殺した若者の躯を綺麗にしているとき、ふと後ろにひとの気配を感じたので、遺族の方が入ってきたのだろうと思った。

すると背後から、

「こんなはずじゃ……」

そういう男の声が聞こえ、思わず振り返るが誰もいない。

気のせいかと作業を続けていると、今度は同僚が後ろを振り返り、首を捻って妙な顔をしている。しかし、眼の前の遺体の処置が最優先なので、無駄なおしゃべりをしている暇はなかった。

湯灌と化粧を無事に終え、遺族を呼ぶと、こんなに綺麗にしてもらって、と言い、母親はその場で泣き崩れた。

若者は飛び降り自殺を図ったため、顔面の損傷が激しかった。最初に若者の遺体を眼にしたとき、自分たちで修復できるのか不安でたまらなかった。それでも遺族に見せることができるほどには仕上げられたので、N子さんは心底安堵した。

帰りの車の中で、湯灌のときに男の声を聞いたことを口にすると、同僚も、そうなのよ、と言って、まったく同じ言葉を聞いたというのだった。

「もしかしたら自殺じゃないのかもしれないねぇ――」

そう同僚は呟いたという。

七十二　美しいバルコニー

ドラッグストアに勤める女性、オフィリアさんの話である。

五年ほど前の春先のこと。

ある日の休日、ロンドンから離れイースト・サセックス州の小さな町に住む友人のフラットへ遊びに行ったとき、一軒の家のバルコニーに視線が向いた。

真っ赤なバラの花が咲き乱れていたからである。

――バルコニーでガーデニングを愉しんでいるのね。

そのときは、素敵な趣味ね、と思っただけだった。

その後、友人のフラットに着き、先ほど見かけた美しいバルコニーの話をすると、そのような家は、この辺りにないはずだという。毎日駅まで歩いているのだから間違いないとのことだった。もちろんバルコニーをもつ家はあるが、オフィリアさんのいうようなガーデニングはどの家もしていないと友人は言った。

そんなはずはないので、場所を詳しく告げると、友人は眉根を寄せてしばらく考えていたが、

「そういえば、あの家、五十年くらい前にひどい殺人事件があったって、私の勤め先のお

客さんから聞いたわ。三人だか四人だかわからないけど、とにかく複数のひとが刃物でめった刺しにされたんだって」

現在、その家にひとが住んでいるのかはわからないが、やはりバルコニーでガーデニングはしていない、と友人は断言した。

それでは自分が見たバラの花は、いったいなんだったのか。

「後から感じたんですけど、あれは花ではなく血だったたような気がするんです。透明なガラスに血しぶきが飛んだら、ちょうどあんな感じになるんじゃないかなって。一度そう考え始めたら、そんなふうに思えて仕方がないんです」

帰り道、その家の前を恐る恐る通ったが、友人が言うようにガーデニングをしている様子は見られなかったという。

七十三　茶封筒

会社員のMさんが小学校高学年の頃、家で留守番をしていると玄関の呼び鈴が鳴った。出ると、恰幅《かっぷく》のいい中年の男が立っている。見たことのない顔だった。

子ども心にも少し怖そうなひとだなと思っていると、父ちゃんはいねえか、と言う。お葬式に行っていて今日はまだ帰ってこないと伝えると、男は、そうかそうか、と答えた。

すると、上着の内ポケットに手を入れたと思ったら、茶封筒をひとつ取り出して、

「これ父ちゃんに渡してくれや。……が来たっていやあ、わかるわ」

そう言って手渡してきたが、なんと名乗ったのか聞き取ることができなかった。もう一度名前を教えてもらおうと顔を上げたら、男の姿はもう消えていた。

不思議に思いながらも手にした封筒の中を覗いてみると、一万円札が五枚入っている。

夜になって父親が帰宅したので、昼間に知らないおじさんが家に来て茶封筒を置いていったことを伝えた。

最初のうちは、なんのことかわからないといった顔をしていたが、男の容姿を告げると、とたんに父親は眼を瞠って、その茶封筒はどこだ、と物凄い勢いで言った。

Mさんがそれを渡すと、封筒の口を開けて、札を数えるやいなや、

「アイツ、死んじまったつうのによ、貸した金返しにくるなんて、律儀っていうか、バカ正直っていうか……」

普段、厳格を絵に描いたような父親が、声を洩らしながらむせび泣いたという。

七十四　痣

トリマーのKさんは、生まれたときから背中に痣があるという。

背中のちょうど中央の左寄りに、長さ三センチほどの細長い痣が青黒くあるそうだが、Kさんの父親にもまったく同じ個所に同様のものがあるそうだ。

なにか遺伝的なものだろうと長年思っていたのだが、Kさんの祖父が百二歳で亡くなる直前、

「オラはよう、戦争んときのことは、なァんも話しゃしなかったけんど、実はな、満州でひとり殺してきたんや。あんときのことは忘れよう思うても、ずうっと頭から離れん。背中をひと突きしたった、あの瞬間をどうしても忘れられんのよ」

そう語ったそうだが、相手を突き刺した位置と自分の息子や孫の背中にできた痣がまったく同じ場所であるのを内心気味悪く思ってきたことを告白したそうである。

七十五　亀

現在、三十代後半であるDさんは、二十代の中頃に交際していた女性を交通事故で亡くしたという。

すっかり気落ちしてしまったDさんは、仕事も辞めてしまい、自分の部屋に閉じこもって、日がな一日、彼女のことを思い出していた。

同居している両親は、最初のうちはそっとしておいてくれたが、次第に小言をいうようになった。自分でもこのままではいけないと思っていたが、愛する彼女を失い、なにもする気が起きなかったそうだ。

そんなとき、テレビを眺めていたら印旛沼のカミツキ亀の特集が組まれていて、それを見ているうちに亀を飼ってみたくなった。

翌日、爬虫類を扱うペットショップに出掛け、店員に勧められるままに一匹のニホンイシガメと飼育装置を買ってきて、自分の部屋に設置した。

ゆっくりとした可愛らしい亀の動きを見ていると、多少は気が紛れるように感じた。

恋人を失っていなければ、亀を飼うことなどなかっただろう。

彼女の代わりにはならないが、こんな小さな生き物でもひとりの人間を癒してくれるんだな、とそんなことを思いながら、水槽に顔を近づけて見ていたとき――。

甲羅の中に躯を隠していた亀が、にゅうっ、と人間のように手脚を伸ばした。

最後に顔を出したが、それを見たとたん、Dさんは、あッ、と声を上げずにはいられなかった。

Dさんの祖父の顔そのものだったからである。

祖父はDさんの生まれるずっと以前に亡くなっていたので会ったことはないが、仏壇のうえに飾ってある遺影を、幼い頃から幾度となく眼にしていたのだから間違えようがなかった。五十にならぬうちに病気で死んでしまったと聞いていたが、かなり若い頃から髪の毛が薄く、三十代の前半には綺麗なまでに禿げあがっていたとのことだった。

亀らしく緑色ではあるが、それはどこからどう見ても祖父の顔以外の何物でもない。

しばらくにらめっこのような状態になったが、あまりのことに言葉が出てこない。すると、再び首を竦めながら亀は石影のほうに隠れてしまった。

しばらくして亀の顔は元に戻ったそうだが、

「いつまでも落ち込んでいる孫を心配したのか、あるいは叱るためかもしれませんが、それで一瞬、祖父さんがああいう形で出てきたのかもしれませんね」

笑いながらDさんはそう語った。

七十六　おまじない

三年前、ロンドンの通信会社に勤めるグレッグさんは、結婚の約束をしていた恋人のキャサリンさんを病気で失ったという。スキルス性の胃がんだった。

彼女の死の直後は食事も喉を通らず、ベッドで横になってもなかなか寝付くことができない。会社も休みがちになり、部屋に閉じこもって一緒に行ったタイのパタヤビーチで撮った写真や生前やりとりしたメールを読み返しては、日がな一日、涙に暮れていた。

そんなある日のこと。

グレッグさんのスマートフォンが、ファーン、と短く鳴ったので、なんだろうと画面を覗くと、登録しているSNS宛にメッセージが届いているようだった。

また友人たちからの励ましメールだろうと思った瞬間、そこに表示された名前に眼を疑った。

キャサリンさんからだった。

震える手でスマートフォンを取り、顔に近づけて食い入るように見るが間違いない。

そこにはこう書かれていた。

「あの大きな鼠を見たときのあなたの顔といったらなかった。本当傑作よね。今はもうそれくらいしか思い出せないけれど。タッチ・ウッド」

グレッグさんは心臓を掴まれたようになった。

大きな鼠というのは、タイ旅行の際に街角で見かけた鼠のことに違いなかった。グレッグさんがひどく愕いて慌てふためいたのを、いつまでも笑いのネタにするので軽く口喧嘩になったのである。

タッチ・ウッドは、イギリスで日常的に使われるおまじないで、なにか縁起のよくないことがあると、魔除けのために近くにある木、あるいは木製のものに触れながら「タッチ・ウッド」と言うのである。逆に良いことがあったときにも使われるが、この場合は、幸運が続きますように、という意味になる。

病床のキャサリンさんを見舞うとき、タッチ・ウッドは去り際の合図のようにふたりが口にしていた言葉だったそうだ。

七十七　ふたりの距離

十年前の夏のことだという。

Rさん夫婦は新婚旅行でハワイを訪れたが、ホノルル国際空港の通路を歩いていると、Rさんの父方の従兄を見かけた。

幼い頃よく面倒を看てくれ、従兄弟の中でも一番慕っていたので、吃驚して名前を呼ぶと、向こうも気づいたようで、手を振りながらこちらに歩いてきた。アロハシャツを身に着け、従兄も愕いたような顔をして笑っている。

しかしなぜか、ふたりの距離は遠ざかる一方だった。

不思議に思い、ちょっとここで待ってて、と妻にキャリーバッグを預け、小走りで従兄のほうに向かったが、どうしたことか、まったく近づかない。

すると、団体客で溢れかえるひと混みの中に、従兄は吸い込まれるようにして消えてしまった。しばらく付近を探してみたが、どこにも見当たらない。

首を捻りながら妻の元に戻り、

「今さぁ、おれの従兄がいたんだけど、見失っちゃったよ」

そう言うと、えっそんなひとどこにいたの、と妻は笑いながら答えた。

その後、現地で楽しく過ごし、何事もなく帰国したが、自宅に着いた早々、父親から電話があり、件の従兄が北関東の山中で練炭自殺したことを知らされた。

奥深い場所で見つかるまでに数日掛かったそうだが、車の記録などから亡くなったのはRさんたちがハワイに着いた初日らしいとのことだった。

七十八　ラブレター

三年前、会社員のUさんは実家の改築のために帰省して自室を片付けていると、机の中から高校時代にもらったラブレターが出てきた。

手紙は全部で二通あり、それぞれ別の女子生徒からだった。しかし、それをくれたふたりともが、二十代の中頃までに亡くなっていることを突然思い出したという。

ひとりは病死で、もうひとりは交通事故で亡くなっていたのである。

「こんなこと言ったら、不謹慎かもしれませんけど――」

俺って、そういう薄命なひとに好かれる性分なんですかね。

こう見えて、高校ンときは結構モテたんですけど、卒業してからはまったくそういう浮いた話がなくなっちゃったんですよ。だからまあ、モテ期は高校時代ってことですかねぇ。もしかしたら俺に彼女ができないのって、亡くなったコたちが関係しているんじゃないかなって思うんですよ――。

少しおどけ気味にそう語るUさんだったが、その眼だけは笑っていなかった。

七十九　見知らぬ花

ロンドン中心部のホロウェイ地区に住む七十代の女性ケイトさんの話である。

今から二十年ほど前、自宅のリビングで洗濯物を畳んでいると、きらきら、きらきらと、窓の外が二度三度、強く光った。まるで大きなダイヤモンドがきらめくかのようで、眩しさのあまり、とっさに手で眼を覆わなければならないほどだった。

その日は朝から小雨が降り続いていたので、太陽の陽射しであるわけがない。窓辺に寄って外を見てみるが、なにがあれほど光ったのか、よくわからなかった。

不思議に思っていると、家の電話がけたたましく鳴った。

出るとポーツマスに住む姉からで、長く入院していた母親の意識が混濁し、危篤の状態だという。すぐに身支度を整えて病院に向かったが、結局最期を看取ることはできなかった。

葬儀の手続きなどを済ませて、一旦ロンドンの自宅に帰ってくると、庭にベージュの花が咲いているのを見つけた。近づいて観察してみると、花弁が変わった形をしている。

少しいびつに丸みを帯びた花びらの中心から長いおしべが伸びていて、ケイトさんいわく「寄り集まった赤ん坊たちがひとつの大きなラッパを吹いている」ように見えたそうだ。

花が咲いているのは、先日、窓外に見た強い光が発していた、まさにその場所だった。

ケイトさんはガーデニングが趣味で草花には相当詳しい自信があったが、何の花なのか、図鑑で調べたり大英図書館まで行ってみたりしたが、一向にわからなかった。

花はワンシーズン咲いただけで、それ以降二度と見ることはないという。

八十　明滅

大学生のF子さんが街灯の侘しい夜道を歩いているとき、進行方向の五十メートルほど先にひとが歩いているのが見え、こころ細かった彼女は少しく安堵した。

自分と同じ女性だが、F子さんほど若くはなく、かといって中年という感じでもない。

不思議なのは、暗くてよく見えないはずなのに、そのひとの姿だけは、はっきりと視認できたことだった。

すると、そのひとが突然消えた。どこに行ったのかと思ったら、やはり女のひとは前を歩いている。暗いから見誤ったのだろうと思ったとたん、またしても女のひとの姿が見当たらない。あれッ、いったいどこに消えたんだろう、と眼を瞬くと、なんということはない、先ほどと同様、自分の前を同じ距離間を保って歩いている。

早足で追い抜こうとしたが、ふたりの差は一向に縮まらず、結局、そのまま一キロ近く女性は明滅し続けたという。

八十一　蜜柑

四国地方出身のNさんは、毎年冬になると実家から蜜柑《みかん》がひと箱送られてくるそうだ。

五年前に引っ越しをしたとき、新居宛てに送られてきた蜜柑の箱を、引っ越しの後片付けの慌ただしさから二日ほど開けずにいたのだが、会社から帰宅すると、家中の至るところに剥いた蜜柑の皮が散乱している。

空き巣かなにかが入って食ったのだろうかと慌てて蜜柑の箱を見たが、開梱された様子はない。段ボール用のステープラーでしっかりと留っている。

箱を開けてみると、ちょうど皮が散乱した分の二十個ほど足りないようだったが、もっと愕いたのは、中に残っている蜜柑すべてが腐ってしまっていたことだった。

その後も部屋にいるときに度々妙なことが起きるので、一年も住まずに引っ越してしまったという。

八十二　間違い電話

「ただ気持ち悪いってだけの話なんですけど――」

そう言って主婦のN子さんは語る。

五年ほど前のある日の夕方。

夕飯の用意をしていると家の電話が鳴ったので、はいもしもし、と出たところ、

「そちらは、かそうばですか？」

と、女性の声でそう言うので、思わず訊き返すと、

「そちらは、わたしをやいた、かそうばですか？」

意味がわからなかったが、きっと間違えているのだろうと思い、いいえ違います、と答えている最中、電話は切れてしまった。

近くの火葬場の電話番号を調べてみたが、似ても似つかない数字だったそうである。

八十三　首都高にて

五年ほど前の秋のことだという。

ある週末の午後、公務員のJさんは、職場で知り合って付き合い始めたばかりの恋人と首都高をドライブしていた。

辰巳第一パーキングエリアを出て、しばらく走行車線を走っていると、背後からサイレンの音が聞こえてきた。

――と、そのとき、追い越し車線を一台のスポーツ車が猛スピードで走り去っていく。そのすぐ後ろを、黒い車体の覆面パトカーが赤色灯を回しながら追い掛けていった。

「今のすごかったね。いったい何キロオーバーしてるんだろう」

そう言いながら助手席の彼女のほうを見ると、眼を見開いて愕いたような顔をしている。

「ああいうの、君は慣れていないいか。首都高はみんな飛ばすからさ。俺は安全運転で行くから安心してよ」

すると彼女は、

「ううん、違うの。パトカーが追いかけていた車のうえにひとが乗ってたのよ。一瞬だったけど、間違いなく女のひとだった」

そんなはずはないよ見間違いだろう、と言うと、

「わたし、この眼でちゃんと見たんだからッ」

普段から彼女は冗談が通じないような真面目なタイプだったので、そういったことで嘘をつくようには思えなかった。

すると、そこから数キロほど進んだ先の路肩に、先ほどのスポーツ車と覆面パトカーが停まっている。

注意深く見たが、車のうえはもちろん、周囲にも女の姿はなかった。だとすると、車の中に入ったのだろうかと思ったら、

「ほら、やっぱりいる。ルーフのうえに四つん這いになって……。えッ、やだやだ、今こっち見て嗤ってたよ……」

震えながら、彼女はそう言ったという。

八十四　水族館

ロンドンのケンジントンに住むアリシアさんという女性の話である。

四年ほど前のこと。

アリシアさんのふたりの子どもが水族館に行きたいというので、夫の仕事が休みの日に家族全員でシーライフ・ロンドン水族館に行ったという。

思っていたよりも入場料が高いので夫婦で顔を見合わせていると、子どもたちは中のほうに向かって駆けていってしまった。

「走ってはダメよ！」

そう声を掛けるが、興奮した子どもたちには聞こえていないようだった。巨大な水槽に辿り着くなり、魚たちに夢中になっている。

大小様々な魚が泳いでいるが、どこかで見たことのある種類ばかりで、変わった魚の姿は見られなかった。それでもダイナミックな展示方法が面白く、アリシアさんの夫も童心に返ったかのように愉しんでいるようだった。

サメの泳ぐ水槽の中には、なぜか巨大なモアイ像が設置されており、その取り合わせに微笑んでいると、像のすぐ脇に男がひとり立っているのが眼に映った。水の中とあって浮力があるはずだが、そんなことは関係ないかのように直立している。

しかし、男はウェットスーツのようなものは身に着けておらず、あろうことか全裸だった。思わず眼を疑ったが、どう見ても間違いない。

――水族館の飼育員かしら。

なにかそういったショーだろうか。いや、子どもが来るこのような場所でそんなはずはない。となると、変質者だろうか。それにしても全裸でサメのいる水槽に入るというのは正気の沙汰ではない。

誰かにたしかめてもらおうと、少し離れたところにいる夫を大きな声で呼んで、

「ねえ、ちょっと見てよ。あそこに男のひとが立ってるんだけど――」

指を差しながらそう言ったが、夫はなんのことかわからないといったふうにポカンとした表情をしている。

――どういうこと？　夫はあのひとが見えないのだろうか。

と、そう思った瞬間だった。

モアイ像の横の男がアリシアさんのほうに向かって、まるで魚のような動き方で迫ってきた。両腕は躯にぴたりとくっつけ、背骨だけを巧みにくねらせながらものすごい速さで近づいてくる。その顔を間近で見たアリシアさんは、思わず床に屈みこんだ。恐怖のあま

り声を出すことも忘れていたという。

それは今の夫と一緒になる前に交際していた男性に間違いなかったが、会社の出張でフランスに滞在していた際、強盗に刺されて亡くなっていたからである。

八十五　匂い

ロンドン北部イズリントン地区に住むイタリア人男性、ラウルさんの話である。

十年ほど前、仕事の都合で引っ越しをする必要があり、手頃な家賃の部屋を探したところ、ホルボーン駅の近くに一軒の古いフラットを見つけたという。

移り住んだ初日の夜。

ベッドで寝ていると突然足が攣《つ》ったようになり、やがて全身の身動きがとれなくなっていることに気づいた。瞼《まぶた》を開いて、薄暗い部屋の中を見回すことはできるので、どうやら夢を見ているのではなさそうだった。

するとそのとき、ぷんと鼻先になにかの匂いを感じた。

これまで嗅いだことのない匂いだが、不快になるようなものではない。なんともいえず不思議な香りで、強いていえばオリエンタルな雰囲気を感じた。

――なんなんだ、これは。

そう思った瞬間、部屋の隅にひとりの女がこちらを向いて佇んでいるのが見えた。暗い色の髪をした痩せた女だが、顔立ちはぼんやりしていてよくわからない。

思わず叫びそうになったが、喉も固まったようになって声を出すことができなかった。

眼を閉じて、ただ女がどこかに消えてくれることをラウルさんはひたすら祈った。

どれくらい経った頃か、躯が少しずつ動くようになったので、思いきって再び瞼を開けてみると、女の姿は忽然と消えていた。

翌日、昨晩の体験をイギリス人の友人に話してみると、

「前の住人が忘れ物でも取りにきたんだろう」と言った。

たしかにドアの鍵は変えられていないはずなので、前の住人がまだ鍵を持っていれば、それも可能なことに違いなかった。しかし、新しい住人がいる部屋にノックもせず入ってくることなどありえるだろうか。仮に住んでいると知らなかったにしても、寝ているのを見たら黙って出ていくのが普通だろう。

他にもわからないことがあった。女が現れる前に全身が硬直したことである。今まであんなふうになることはなかったので、そのことも友人に話してみると、

「それは睡眠麻痺《スリープ・パラランス》さ。別に珍しいことじゃない。疲れたときになりやすいんだよ。きっと引っ越しでくたびれていたんだろう」

笑いながらそう言った。

その後、別の問題で大家と揉めて、一ヶ月ほどで部屋を出ることになったそうだが、女を見たのは初日の一度だけだったという。

それから三年ほど経ったある日、会社の出張で二週間ばかり日本に行くことになった。滞在先は東京だったので、休日を利用して丸一日観光を愉しんだ。

最後に浅草寺を訪れたときのこと。

本堂の前に参拝者がたくさん集まり、その真ん中から白い煙がもくもくとたなびいているので、なにをやっているのだろうとラウルさんは思った。

すると大きな釜のようなものから煙が出ているのがわかった。参拝者たちは、その煙を頭に浴びるような動作をしている。

近くで写真を撮っていた自分と同じ欧米人と思われる女性に、あのひとたちはなにをしているのか、と尋ねてみた。

「あれは線香《インセンス・スティック》。仏教《ブッディズム》の重要なアイテムで、死者を弔う意味で火をつけるの。ここでは、煙を浴びると病気が治るといわれているのよ」

その言葉で興味が湧いたラウルさんは群衆のほうに近づいてみた。

すると線香とやらの匂いが次第に強くなってくる。イギリスの地元にはインド系の友人もいるので、お香ならこれまでも嗅いだことはあるが、これはそういった匂いとはまた違うように感じた。

そのとき、三年前の晩にホルボーンのフラットで嗅いだ香りが、ちょうどこんな匂いであったことを思い出した。それはほぼ確信に近かった。

「それでこう思ったんです。あの晩、僕の部屋に現れたのは日本人の女性だったんじゃないかと。あのときの匂いが、もし線香の香りだとしたら、あのひとはきっと――」

それ以上、ラウルさんは語ろうとしなかった。

八十六　カーブミラー

主婦のH美さんの自宅近くには大きな霊園があり、子どもの幼稚園のお迎えをするときは、その中を貫く畝々とした道路を通らねばならなかった。

二年前の初夏のある日、子どものお迎えのために霊園の道を歩いていると、カーブに差し掛かったところで濃密な線香の匂いを嗅いだ。誰かが墓参したのだろうと思い、ふと視線をそばの墓地のほうに移した瞬間、頭上のカーブミラーに巨大な人間の顔が、枠いっぱいに引き延ばしたように映り込んでいた。

男か女か、年寄りなのか若者なのかも判別できないが、紛れもなくそれは人間の顔である。

ぎろりとした瞳だけが、あっちを向いたりこっちを向いたり、せわしなく動いていた。

「なんというか、人間が鏡に閉じ込められているみたいに見えたんです」

第二子を妊娠中で身重な躯ではあったが、急ぎ足でその場を離れ、幼稚園に向かった。

帰りはその道を使いたくなかったが、そういうわけにもいかず、子どもの手を強く引きながら、なにも見ないようにして通り過ぎたそうだが、妊娠を理由にお迎えはもうできないと夫に頼み、バス通園に変えてもらったそうである。

八十七　泣き叫ぶ女

二十年ほど前の、ある冬の朝のことだという。

その頃、ロンドンの語学学校で教師をしていたベンジャミンさんが、キングス・クロス・セント・パンクラス駅の地下通路を歩いていると、Tシャツにジーンズ姿の若い女性が、茶褐色の長い髪を乱しながら両手をいっぱいに広げて泣き叫んでいるのを見た。

しかし、その声はまったく聞こえてこない。

ラッシュアワーとあって多くのひとが行き交っているのに、誰も気に掛けていないようだった。なにか障がいがあるひとかもしれないと思い、困っていたら助けなければ、と近くに駆け寄って、

「どうしたんですかッ、大丈夫ですよ！」

そう言いながら腕を取ったと思ったら、なぜか空を掴んでいる。思わぬことに吃驚していると、女性は口を歪めた苦しそうな表情のまま、その場でかき消えてしまったという。

一九八七年の十一月のこと、キングス・クロス駅の地下構内で、火のついたマッチが木製エスカレーターに投げ捨てられたことにより火災が起きた。

死者三十一人、負傷者百人を出す大災害となったが、駅員たちは殆ど火災や避難の訓練を受けておらず、当時のロンドン地下鉄とロンドン地域交通局の上層部幹部たちは、責任を問われて一斉に辞任に追い込まれたそうだ。

最初にこの駅で幽霊が目撃されたのは、事故翌年の一九八八年だそうだが、プラットフォームで泣き叫ぶ若い女性がいるので、心配した者が近づいたところ、ベンジャミンさんのときと同様に、たちどころに消えてしまったそうである。

八十八　イートニアン

大手都市銀行に勤める日本人男性Fさんの話である。

Fさんは高校生の頃、男子全寮制で知られるイギリスのパブリック・スクール「イートン・カレッジ」（通称イートン校）のサマースクールに参加したという。

世界に名だたる英国一の名門校とあって、大いに刺激を受けたそうだが、滞在期間中、奇妙な現象に遭ったそうである。

夜はハウス（寄宿舎）で寝るのだが、深夜一時を過ぎた頃に、どこからともなく囁き声が聞こえてくる。それは間違いなく英語だったが、王室の子息たちが話すような、いわゆるイートニアン（イートン校からケンブリッジ大やオックスフォード大に進学した者たち）が使う美しいイントネーションだった。よって同室の日本人学生の独り言や寝言とは思えない。

早口過ぎてなんといっているのか理解できなかったが、毎晩続くので寝不足のような状態が続いた。

最終日、イートニアンであるサポートスタッフの男性に思いきって声のことを話してみた。すると、

「君はどこのハウスにいるのかい?」

そう訊かれたので、自分のハウス名を告げたところ、

「ああ、あのハウスか。その話は聞いたことがあるよ。その声はおそらくこういっていたんだろう?」

そう言いながら、スタッフが口にした言葉は、たしかに毎晩聞くものとまったく同じだった。しかし、なんと言っているのかわからないので尋ねてねると、

「いや、これはひどい隠語《スウェア・ワード》だから君は知らないほうがいいよ。この場所に相応しくない言葉であるのはたしかだね」

そう答えたそうである。

八十九　黒い犬の幽霊

ロンドン市裁判所「オールド・ベイリー」の裏側に、一匹の犬の幽霊が住みついているといわれている。

真っ黒な毛並みのハウンドだが、この犬の幽霊は数世紀にも亘って至るところに現れるそうだ。とりわけアーメン裁判所近くのレンガ塀に沿ってうろついているところをよく目撃され、現在でも周辺の者たちは非常に畏《おそ》れているらしい。

顔や躯付きはいかにも凶暴といった感じで、劣悪な臭いを発しているという。

いにしえからの言い伝えによれば、黒い犬の幽霊は、十三世紀に起きた飢饉の際、絶望したニューゲート監獄の囚人たちにその躯を食われてしまった魔術師の化身であるとのことだ。

九十　蚤の市で買った絵

七年前、ベルギー人のルーベンスさんはフランスに出張した際、パリのクリニャンクールの蚤の市で一枚の油彩画を入手したという。

欧州のどこかと思われる森を主題にした一枚だが、場所はわからない。キャンバスの左端に切れる形で広壮な屋敷の半分ほどが描かれている。作者名もはっきりしないが、右隅に白い絵の具でなにやらごちゃごちゃとしたサインらしきものが書かれていた。

売り主の者も絵の詳細は不明というので、相当に値切って購入したのだった。

長閑な田舎の風景が、どことなく生まれ育った地元のブリュッセルの公園を思い出させ、ひと目で気に入ってしまったそうだ。

自宅に帰って、リビングに油彩画を掛けると妻が、

「どうしたのよ、この絵？　なんかすごく気味が悪いんだけど」

露骨に厭そうな顔をするので、パリの蚤の市で入手した経緯を伝えた。

気味が悪いと言われ、ひとによってはそう捉える者もいるかもしれないな、と初めてルーベンスさんは思った。が、自分はまったくそんなふうには感じなかったので、少し不服そ

うに、

「だったらいいさ。別のところに飾るから」

そう言うと、絵を外し、自分の書斎に持って行った。壁の適当な場所に額を掛け、腕組みをしながらしばし眺めた。

それから数日経ったある日のこと。

書斎で仕事をしていると妻がコーヒーを淹れて持ってきて、壁の絵を繁々と眺めている。

すると少し愕いたように、

「あら、この絵、人物なんて描かれていたのね。私よく見ていなかったから気づかなかったけど」

と、そう言うので、そんなはずは、とルーベンスさんも絵を見ると、妻が指差す先にたしかにひとのようなものが描かれている。

「ほら、ここところ」

しかもひとりではなく、ふたりというのだった。ひとりは左端の屋敷の二階部分、その窓枠の中に、黒いドレスのようなものを着た女性と思しきシルエットが描かれていた。もうひとりは、絵の全体を占める森の奥に白い服を着た子どものような姿が、言われれば気づく程度に描かれている。

仕事でひと息つく度にこの絵を眺めていたというのに、今の今まで自分がそのことに気づかなかったのが不思議でならない。たしかに一見ではわからないような描かれ方だが、これだけ眼にしているのだから、当然気づかなければおかしいはずだった。

妻にそのことを指摘されて以降、それまでまったく気づかなかったのに、妙に人物の姿ばかりを意識して見るようになってしまったとルーベンスさんは言う。

「よくよく思い出してみたんですが、自分がこの絵を買ったとき、やはり人物なんて描かれていなかった気がするんですよね。もっとも、明言はできませんが――」

これは余談ですが、とルーベンスさんは断りを入れて、こう続ける。

「その絵がわが家に来てから、少額ですがロトに当選したり、仕事がうまくいったりと、比較的いいことが続いたんです。ですから幸運を呼ぶ絵だったと思っていましたが、妻のほうは両親が二年続けて相次いで亡くなるなど、色々あって大変だったんです。まあ、いずれにしても、そういったことを絵のせいにしてはいけませんね」

そうルーベンスさんは語った。

九十一　換気扇

　少年院上がりだというDさんは、現在は更生してある町工場で働いているが、まだ子どもだった頃に空き巣を繰り返したそうである。

　サムターン回しのしやすい鍵の付いた古いアパートを狙うのだが、その日も換気扇が止まっているのを確認してから玄関のチャイムを鳴らした。留守とわかるとドアの隙間から針金を差し込んで、ものの一分ほどで解錠してしまった。

　逃げやすいように土足で入っていく。

　下見の段階で、大学生らしき若い男が住んでいることはわかっていた。高価なものはないだろうと思っていたが、彼が主に盗むものは音楽CDなので、あまり問題ではなかったという。

　その頃は買い取り店に持ち込めば、音楽CDは比較的高価になった。当時、彼は未成年だったため、店への持ち込みは、なんだかんだと理由をつけて実母に頼んでいたそうだ。

　玄関に足を踏み入れると簡単な台所があった。そこを通過し、すりガラスの入った引き戸を開ける。想像していた通り、いかにも若者の部屋といった感じに散らかっていた。

　万年床の掛け布団はめくれ、部屋着にしているのだろうジャージの上下が脱ぎっぱなしで放ってあるので、起きだして急いでそのまま出て行った様子だった。

経験からどの辺に獲物があるのか知っていたので、部屋の中をぐるりと見回すと、テレビラックの中にＣＤが三十枚ほど並んでいる。一枚一枚物色している時間はないので、まとめてリュックサックに押し込んだ。

一応、金目のものがないかと見ていたときだった。

換気扇が回っている気配を背後に感じた。

止まっているのを確認してから押し入ったのだから、そんなはずはない。それに換気扇は台所に一台付いているだけである。この部屋にはそんなものはないはずだと振り返った瞬間、冷水を浴びせられたようにぞっとした。

年老いた男のような顔が、壁の高い位置でぐるぐると回っていたからである。

しかしそれは、換気扇のような速さではなく、顔にある大きなシミが見て取れるほど、ゆっくりと回っていたという。

九十二　囁き声

八年ほど前、韓流ドラマが好きだったT子さんは友人と韓国旅行に出かけたという。明洞でエステを堪能した後は東大門の市場で買い物に明け暮れ、疲れきってホテルに戻ると、シャワーだけ浴びてベッドに入った。

どれくらい経った頃か、ふと目覚めると部屋の中がひんやりとしている。秋も深まった頃とあって、就寝前に暖房のスイッチをたしかに入れたはずだった。間違えてクーラーをつけてしまったのかと思った瞬間、部屋の隅に黒いシルエットが立っているのが見えた。

誰ッ、と叫ぼうとしたが、喉が張りついたようになって声が出ない。暗闇に視界が慣れたのか、三十代ほどの若い男であるのがわかった。黒い厚ぼったいジャケットを着て、縁のある眼鏡をかけている。

とっさに布団をかぶろうとしたが、躯がぴくりとも動かない。すると、男は滑るようにベッド脇に来て、T子さんの上に覆いかぶさるように顔を近づけ、

「ポッポヘジョ」

低い声で、そう耳元で囁いた。

それを聞いたとたん、失神したように再び眠りに落ちたT子さんだったが、翌朝目覚めると、昨晩の出来事の一切は夢だったのではないかと思った。

朝食の席で、同じホテルに泊まっている友人にその話をすると、身を乗り出してきて、「実は私も昨晩変なことがあったのよ」と言う。

友人の部屋に男は現れなかったが、観ていたテレビが突然消えたり、夜中にトイレやシャワーの水が勝手に流れたりしたとのことだった。

フロントにクレームを入れると、確認に来たホテルマンは部屋の設備をひと通りチェックしただけで、問題ありません、と言って帰ってしまったというのだった。

帰国後も、男の囁き声が時折頭に甦り、その度に鳥肌が立った。が、その言葉がどういう意味なのか、さっぱりわからないままだったが、恐ろしい内容だったら厭なので、あえて調べることもしなかった。

それから二ヶ月ほど経った頃、都内の新大久保にある行きつけの韓国雑貨店へ行ったとき、ふとあの夜のことを思い出した。

どうしようかと一瞬悩んだが、この際と思い、馴染みの店主に訊いてみたところ、「そんな言葉を知って、もしかして誰かに使いたいの？」

そう言って破顔した。

言葉の意味を教えてもらったT子さんは、年甲斐もなく赤面したそうである。

九十三　ピーター・ハウスの怪異

一九九七年のこと。名門ケンブリッジ大学の最古の学寮であるピーター・ハウスで幽霊が出たと話題になった。この学寮は一二八四年の創立というから、日本でいえば鎌倉時代に当たる。その歴史の深さは説明するまでもないだろう。

そのピーター・ハウスのある一室で、ひとの大きさをした葉巻型のなにかが、ふわふわと宙をさまよっているのを、ここで働くふたりの用務員が目撃した。

調査の結果、遡ること約二百年前の一七八九年に、大学に勤めていた経理担当の職員フランシス・ダウズが、この部屋で鐘のロープを用いて首を吊ったことがわかった。

用務員たちが目撃したシルエットは窓のほうに向かって消えたが、そこは十九世紀にウイリアム・モリスによって改装された場所で、本来は庭へと続く入り口があったという。

学寮長は神学者とあって、キリスト教の立場からしても幽霊の存在など認めることはできなかった。しかし自身、不思議なノック音を度々聞いたこともあり、悪魔祓いの祈祷師を呼ぶことにしたが、非科学的で幽霊など莫迦らしいと反発する教授たちも少なくなかった。

儀式には大学関係者全員の出席が必要ということだったが、教授たちの冷笑的な態度のため、ミサは失敗に終わったそうである。

九十四　石を投げる少女

十年ほど前のことだという。

ロンドン南東にあるケント州メードストンに住むジムさんが、マーケットからの帰り道、ひとりで通りを歩いていると、突然足に鋭い痛みが走った。

思わず屈み込むと、ダイスほどのサイズの小石が足元に転がっている。

自分に目掛けて誰かが投げつけたのではないかと、すぐに周囲を見ると、建物の陰に隠れるように十代中頃ほどの少女がこちらを見つめていた。そばかすの目立つ、まだあどけなさが残った女の子である。

まさかこの子が、と思っていると、少女は嗤いながらクリケットの投手よろしく腕をうえに振りかぶった。その手はやはり石を持っているが、先ほどのよりもふた回りほど大きい。これが当たったら、たまったものではない。

頭を抑えながら、その場から逃げ出すのがやっとだった。猛ダッシュで数百メートルほど駆け抜け、もう大丈夫だろうと息をついたそのとき、顔を上げると進行方向に先ほどの少女が立っている。

いつのまに追い抜いたのか。それに向こうは息切れひとつしていない。

手にした石をお手玉のように何度もうえに放りながら、少女はにやにやと嗤っている。今にも投げてきそうなので、踵を返そうとすると、愕くことに背後にも少女が立っていた。同じ洋服を着ている。一瞬、双子なのかと考えたが、そんなレベルではない。どう見ても同じ人物としか思えなかった。

背後の少女も石を手にしながら気味の悪い笑みを浮かべている。

万事休す、と思ったそのとき、眼の前の連なった家屋の間に細い路地があるのが見えた。ここしか逃げ道はないと瞬時に判断し、脱兎のごとく走り出すと、ふたりの少女も後を追いかけてくる。

建物を抜け、違う通りに出たが、少女たちは脇目も振らずジムさんの後を追う。なぜこんな目に遭わなければいけないのか。しかし、そんなことを考えている余裕はなかった。

どれくらい走っただろう。

ここまで来ればもう平気かと振り返ったところ、ふたりどころか何人もの少女たちが、自分の後を追いかけてきている。その数は軽く十人は超えていそうだった。皆同じ洋服を着て、同じ顔をしている。

――いったい、なんなんだこれは！

逃げるのも限界と判断し、誰かに助けを求めようとしたとき、一台のタクシーが空車のランプを灯しながら走ってきた。

車道に飛び出して、タクシーを止めさせると、

「早く、急いで出してくれ!」

叫ぶようにジムさんは言った。

どうされましたか、と運転手は訝しそうに訊いてきたが、説明しても信じてくれないだろうと思い、適当に答えた。数十分後になんとか自宅まで辿り着くことができたという。

とても信じられない話なので、

「さすがに気のせいではありませんか?」

そう私が直截に感想を述べると、

「わかりません。でも、家に帰ったら玄関の窓ガラスが割れていて、中に小石がひとつ転がっていたんですよ」

そうジムさんは答えた。

九十五　クレーム

五年ほど前、会社員のEさんが新規開店したラーメン店に行ったときのこと。

運ばれてきたラーメンを食べ始めたとたん、近くの席に座っていた男が急にむせ始め、口に入れていた麺を出して、繁々と眺めてから、

「おいッ、この店はいったいどうなってんだ。ラーメンの中に髪の毛が入ってるじゃねえかよ。しかも、こんなに長いのが何本もッ」

いかにも柄の悪そうな男なので、あまり凝視できなかったが、手元の箸に黒々とした髪の毛が何本も麺に絡まっているのが見えた。

カウンターの中の店員は、寸胴の前できょとんとした顔をしている。

店主はいがぐり頭で、もうひとりいる若い店員も坊主が少し伸びた程度の短髪だった。髪の長い店員などひとりもいない。

店主は謝ったうえで、すぐに作り直します、と言ったが、男は金も払わずに出て行ってしまった。

新規開店とあって、ひょっとしたら近隣の同業による嫌がらせかもしれないとEさんは思ったが、もし本当に髪の毛が入っていたら気持ち悪いのはたしかである。

自分の麺もすべてすくってみたが、髪の毛は入っていないようだった。しかしなんだか食欲が失せてしまい、ラーメンの味は悪くなかったが、結局半分ほど残してしまったそうだ。

数日後、不動産屋に勤める友人にその話をすると、ラーメン店のできる前は個人経営のイタリアン・レストランが入っていたとのことだった。

やはりパスタに髪の毛が混入しているというクレームが頻発したそうだが、店主である男性のシェフはショートヘアだったので、ウェイトレスをしていた女性従業員のものと決め込んで解雇してしまったという。その後、新たに若い男性を雇い入れたが、クレームはなくなるどころか益々増えていく一方なので、店主は思い悩んだ末、店を閉めてしまったというのだった。

それ以降、Eさんは件のラーメン店に行くことはなかったそうだが、三年ほど前にその店も潰れてしまったそうである。

九十六　青いオーバーオール

一九七〇年代の中頃のこと。

ロンドンの都心部ムーアゲート駅で働く職員や作業員の間で奇妙なうわさが流れた。

青いオーバーオールを着た男がどこからともなく現れて、彼らに近づいてくる。

その距離が近づくにつれて、男の顔は断末魔のごとく恐怖に打ちひしがれた表情になり、それに愕いていると、トンネルの壁の中に消えてしまうというのだった。

それを何人もが目撃したという。

それからほどない一九七五年二月の朝のこと。

まさにこのムーアゲート駅で、死者四十三人、負傷者七十四人を出す大事故が発生した。

後の調査では、車両に特別な異常は認められなかったため、運転士の過失が疑われた。

最終的には、運転士による自殺、もしくは急な病気のために誤操作を行った可能性が高いとの結論が下されたそうだ。

青いオーバーオールの男は、この事故の予言をしていたのではないかと話す者もいたが、この男の出現が事故を招いたのだ、と主張する者も少なからずいたという。

九十七　バスでの邂逅

四年前の冬のことだという。

当時ロンドン大学に通っていたジョージさんは、二階建て車両で有名なロンドンバスに乗っていると、セカンダリー・スクール（公立中学校に相当）時代のクラスメートが近くに立っているのを見た。

「おい、久しぶりじゃないか。俺の隣、空いているから座れよ」

そう声を掛けたとたん、霞のように消えてしまった。その瞬間、クラスメートはセカンダリー・スクール時代に事故で亡くなっていることを思い出した。

とても幻覚とは思えない。動揺のあまり、辺りを見回すと、同じ大学に通う顔見知りの女子学生がすぐ後ろに座っていたので、

「今、声を出していたよね、僕？」

そう尋ねると、いいえ私には聞こえなかったけど、と答えた。

脳内で起きた出来事で、やはり気のせいだったかと思い、そのまま自宅に帰った。

その後、部屋でスマートフォンを弄っていると、身に覚えのない動画が撮影されている。

いったいなんだろうと再生してみたところ、ぼやけているが、眼を凝らすとバスのなか

を撮影した映像だった。アングルからすれば自分が撮っているようだが、動画など撮影した覚えはない。

すると、

「おい、久しぶりじゃないか。俺の隣、空いているから座れよ」

そう話す自分の声が聞こえたので、慌てて画面に顔を近づけると、例のクラスメートが半分透けるように映っていたそうである。

九十八　バナナ

十年ほど前、主婦のY子さんは、商店街にある八百屋の店主が自殺したと聞き、つい最近その店で買ったバナナに手をつけるのが、なんとなく億劫になってしまった。

そうこうしているうちに熟し切って、斑点が広がり表面が黒くなった。

今日のうちにでも処分しようと思っていたところ、学校から帰ってきた小学一年生の息子が、おなかがへった、と言って、テーブルのうえのバナナを一本もいで、その皮をむいたとたん、こわいよママこわいよぅ、と大声で泣き始めた。

どうしたのかと駆け寄ると、皮をむいたら、ぐずぐずになった果肉に知らないおじさんの全身像が描かれていた、というのだった。息子の言葉を借りれば『鉛筆でかいたみたいだった』という。

Y子さんが見てもそんなものはなかったが、バナナは食べさせずに流しの三角コーナーに捨てた。

八百屋の店主の件は、子どもにも一切話していなかったそうである。

九十九　家の来歴

　イギリスの南西部デヴォン州に住むハリーさんは数年前に三階建てのヴィクトリア朝時代の住宅を取得したという。

　ハリーさんは独身なので、三階部分は使わずに物置にしているそうだが、二階の書斎で書き物をしていると、ぎしぎしと床が軋むような音がしたり、また椅子のような小さな家具が倒れる音を聞くことがあったので、鼠かなにかだろうと見に行くのだが、なにもいない。

　友人にそのことを話すと、それは幽霊だ、ポルターガイストだ、と言い、不動産屋に前の所有者について訊いてみるように助言された。

　翌日、不動産屋へ赴き、さりげなく前の住人について尋ねてみたが、なにかはぐらかすような口ぶりで要領を得ない。結局、なにもわからないまま帰ってきて、その後も音に悩まされる日々を送った。

　そんなある日、近所のパブで呑んでいると、ひとりの老人と知り合った。

　老人はこの地で生まれ育ち、結婚後も長く住んでいたが、今はイースト・サセックスへ引っ越して息子夫婦と暮らしているのだと語った。今回は旅行でこの近くに来たついでに、以前足繁く通ったパブに顔を出したというのだった。

どこに住んでいるのかと老人に訊かれ、ハリーさんが場所を説明すると、

「おやおや、あそこですか……」

そう言ったきり黙りこんでしまった。なにか口ごもっている様子なので、

「やはりなにかあったのですか、あの家は。実は、私も今それを調べているのですが、なにもわからないのです。気にしませんから、もしなにかご存知でしたら教えていただけませんか」

そう問うと、一瞬、間を置いた後、さようですか、と老人は呟いた。しばらくなにかを思い出すように眼を瞑っていたが、

「今から五十年ほど前にもなりますか。あの家には、手に負えないほどのアルコール中毒の男が独りで住んでおりましてね。この店にもよく来ていましたが、それはもう好色なうえにひどく乱暴な男で、しょっちゅう喧嘩などをしてその辺の道端に血だらけになって突っ伏していたり、警察にしょっぴかれたりしていましたな」

するとある日、その男が自宅で首を縊って自殺したというのだった。

将来を悲観したのではないか、熱をあげていた女に振られたのではないか、深刻な病気に罹ってひと知れず悩んでいたのではないか、など様々な憶測がなされたという。

それを聞いたハリーさんは、

「もしかして、そのとき首を吊ったのは三階の部屋だったのではありませんか」

そう尋ねてみると、それは知りませんがね、と老人。

「そんな人物でしたから、誰も好んで関わりたくないでしょう？　だから見つかったのが遅くてね。すっかり腐っちまっていて、首などはありえないほど長くなって、殆どちぎれかかっていたようですよ」

口髭に付いたビールの泡を手で拭いながら、そのように語ったという。

いにしえからの作法に則り、九十九話にて完とする。

あとがき　――百話目に代えて――

これを書いている今年（二〇一八年）は、一年のうちに三度、火葬場へ出向くことになった。取材ではない。骨を拾うためである。

二〇一八年四月に上梓した拙著のタイトルが『奇譚百物語　拾骨』であったことが関係しているかどうかは不明だ。

七月に我が家の隣に住む義父が他界し、その翌月、義父が飼っていたチワワが後を追うようにして死んだ。それも義父の月命日に、である。また十一月の終わりには、我が家の老犬が長患いの末に息を引き取った。

人間と動物の死を同列に語るべきではないかもしれない。が、同じ火葬場で焼いてもらったこともあり（無論犬はペット専用の場所だが）、炉から出てきた骨の白さへの愕きや、それをひとつひとつ箸で摘まんで骨壷に収めていくときの、あのなんとも云えない気持ちは、人も犬もさして変わらないことを、私は身を以て知ったのだった。

また最近の火葬場が明るく清潔なことにも愕かされた。

目かくしをされて連れてこられたら高級ホテルのロビーかなにかと間違えてもおかしくない

とさえ思ったほどだ。焼いてもらっている間、ソファーで原稿を書いていると、泣き濡れる喪服の人たちを眼にすることもあり、そのときはじめて自分が火葬場にいることに気づかされるのである。

斯様に近代的になった火葬場からはなかなか怪談が生まれにくいのではないかと私は感じた。かつては周辺住民たちから疎まれがちだった施設だが、それに比べたら大きな変貌を遂げたものだ。モダンな建物になったこともあるが、焼くときに煙が出ないようになったことも大きな要因だろうと思う。

大きく変化したとはいえ、死を扱う場所とあって、ある種の緊張感に包まれていることは今も昔も変わらない。喫茶店や図書館などよりも執筆に集中できたのも事実で、それはこの建物のもつ粛然とした雰囲気や凛と張りつめた空気のためだろうと思う。

職員も常に慇懃としており（もちろん笑い声など聞こえない）、仕事とはいえ大変なことであるな、と私はしみじみ感じ入ったのだった。

こういう場所で働いていると、怪奇体験の一つや二つくらいあるのではないかと聞き取りをしようとも思ったのだが、仕事として死が常に身近にある人は、不可思議な出来事に出くわしても、たいして恐怖を覚えないのでは、と勝手に想像し、そんなことを考えているうちに、なんとなく取材をしそびれてしまったのだった（葬儀場ではいくつか伺ったが）。

多くの人が幽霊の存在を恐れるのは、おそらく死というものが、此の世の者にとって未知であるからだろう。死を穢れとして忌み嫌うのは、生の対極に置いているからなのだ。

しかし、死に寄り添う職業の人たちのように、あくまでも生の延長にそれがあると考えたならば、人の死やその後のこと、つまり——幽霊への恐怖心といったものは一気に和らぐのではないか——と、そう私は考えたのだった。

こんなことを書いてしまうと、自ら営業妨害しているようなものではあるのだが。

二〇一八年師走に　丸山政也

奇譚百物語　死海

2019年2月4日　初版第1刷発行

著者	丸山政也
デザイン	荻窪裕司(design clopper)
企画・編集	中西如(Studio DARA)
発行人	後藤明信
発行所	株式会社 竹書房 〒102-0072 東京都千代田区飯田橋2-7-3 電話03(3264)1576(代表) 電話03(3234)6208(編集) http://www.takeshobo.co.jp
印刷所	中央精版印刷株式会社

定価はカバーに表示しています。
落丁・乱丁本は当社までお問い合わせ下さい。

ISBN　978-4-8019-1743-9　C0193